마음도 백업이 되나요

마음도 백업이 되나요

오정연 지음

씨드북

차례

한 쌍의 방패연처럼

"드롭 인!"

플라이 모드의 돌쇠를 플랫폼에 내려놓으며 내가 외쳤다. 그리고 마지막 점검. 돌쇠의 바퀴는 접힌 채로 잠겨 있나? 그렇다. 머리 위를 맴돌고 있는 드론은 계획된 위치에? 오케이. 나와 함께 달리는 것이 세상 제일 신나는 일인 양 늠름한 꼬리는? 완전 최고!

'드롭 인'은 플랫폼에서 구조물로 진입하는 동작을 뜻하는데, 큰 소리로 드롭 인을 외치는 것은 '내가 앞으로 1, 2분간 이 구역을 접수할 테니 가까이 오지 말 것'이라는 의미였다. 냅다 드롭 인을 외치면 없던 용기도 솟았다. 땅을 향해 온몸을 부딪는 빗방울처럼, 몇 번이고 튀어 오르는 탱탱볼처럼! 신바람이 온몸을 감쌌다.

숨을 멈춘 상태로 재희에게 엄지를 들어 올려 보였다. 드론과 휴대폰 카메라를 조정 중이던 재희 역시 손가락으로 하트 사인을 보냈다. 꼬리가 멍! 하고 늠름하게 짖었다. 이를 신호로 우리는 함께 전방을 주시했다.

"가자!"

나와 돌쇠는 커다란 대접 모양 구조물인 보울 안으로 뛰어들었다. 이리저리 찌그러진 유선형이라 바닥과 벽의 경계가 없고 기울기가 다양한 경사면 위를 돌쇠와 내가 미끄러지면 꼬리가 그 옆에서 발맞춰 질주했다. 꼬리는 돌쇠와 사방 1미터씩의 간격을 칼같이 유지했다. 나와 꼬리는 함께 보울 안을 휘젓고 다니면서도 각자의 진로를 방해하지 않았다. 재희는 그런 우리를 보고 한 쌍의 방패연 같다고 말하곤 했다. 돌쇠 위의 나조차도 0.5초 뒤 돌쇠가 어디로 방향을 틀지 예측하지 못하는데 꼬리는 그걸 어떻게 아는 걸까. 우리는 콧노래를 흥얼대듯 활강하며 익숙한 리듬에 몸을 맡겼다.

경사가 심한 구간에서 내가 돌쇠를 높은 벽까지 밀어 올릴 때면 꼬리가 후방을 맡았다. 자잘한 언덕이 많은 구역에서는 앞서가며 안내를 자처했다. 그렇게 우리는 최애 구간인 크래들로 접근했다.

크래들은 보울 안에서도 벽이 반구 형태로 패인 부분인데, 그 안에서는 지면과 거의 90도 경사의 벽에서 회전할 수 있다. 돌쇠와 내가 다양한 크기의 원을 그리며 회전하면 꼬리가 우리 옆에서 엄청난 속도로 함께했다. 내 플라이보드처럼 전자기 모드를 장착한 탈것은 자기력을 이용해 움직이는데, 그게 시너지를 일으키는지 꼬리도 돌쇠도 이 안에선 최고의 에너지를 뿜어냈다. 연식이 오래되어 묘하게 뒤틀린 돌쇠의 균형점을 의식적으로 보정해야 하기에 쉽지만은 않은 구간이었다. 그럼에도 꼬리가 옆에서 보조를 맞춰 주기 때문인지 나는 돌쇠 위에서 두렵지 않았다.

띠링, 띠링, 띠링.

2분이 지났음을 알리는 알람이 울렸다. 자리를 비워 줄 시간이었다. 꼬리와 시시덕거리느라 정해진 콘티를 까맣게 잊고 있었다는 게 그제야 떠올랐다.

"꼬맹이, 파이팅!"

나는 긴장한 표정으로 플랫폼에 들어서는 준이와 손바닥을 맞부딪친 뒤 보울을 빠져나왔다. 동네 사람들에게 '플라이파크'로 불리는 이 공원은 자전거, 스케이트보드, 인라인스케이트 등을 전자기 플라이 모드로 즐기는 이들의 아지트다. 종류별로 다양한 구조물이 즐비해서 웬만한 엑스파크가 부럽지 않았다. 보울 너머 넓은 광장에는 기초적인 기술을 연마할 수 있는 다양한 높이와 길이의 레일과 계단 등이 펼쳐져 있었다. 그리고 대망의 메가 점프대. 어마어마한 높이에서 낙하하는 기분을 느낄 수 있는 경사로가 아찔한 점프대로 이어졌다.

"미안, 꼬리가 오늘 좀 달리고 싶었나 봐."

나는 재희에게 다가가며 선수를 쳤다. 태블릿을 들여다보던 재희가 고개를 드는데 만면에 미소를 머금고 있었다. 어랏, 이건 무슨 반응이지.

"실은 방금 그거 라이브 방송했어. 반응 완전 좋은데 한번 볼래?"

"야, 너 말도 없이 그렇게……."

"공들여 짠 콘티를 머릿속에서 깡그리 지워 버리는 게 누구시더라. 라이브만 하려고 하면 얼어 버리는 건 또 누구고?"

말문이 막힌 나에게 재희가 태블릿을 건넸다. 방송 종

료 후에도 실시간 댓글과 '좋아요'가 흘러넘치고 있었다.

K 언니들 날 가져요. ♥121

J 긴 머리 휘날리는 율과 탐스런 꼬리, 최고의 파트너! ♥118

L 하, 이런 보울… 개부럽 ♥89

재희와 내가 1년 전부터 본격 운영 중인 스트리밍 채널의 이름은 '플라잉테일'이다. 나는 돌쇠를 타고 꼬리와 함께 달린다. 재희는 그런 우리를 촬영하고 영상을 편집한다. 물론 기획과 구상은 꼬리까지 셋이 모두 함께.

플라이파크에서 처음 만난 나와 재희가, 연습 과정을 기록하면 좋을 것 같아서 동영상을 한두 개씩 올리던 게 플라잉테일의 시초였다. 처음엔 우리 둘과 몇몇 친구들, 친척들 정도가 구독자의 전부였다. 그런데 1년 전 멀티미디어 과목 기말 과제로 채널을 업그레이드하면서 상황이 급물살을 탔다.

'반려로봇과 함께하는 플라이보드 라이딩'이라는 콘셉트와 '플라잉테일'이라는 이름도 그때 생겼다. '테일'이 '꼬리(tail)'도 되고 '이야기(tale)'도 된다며 재희가 떠올린 아이디어였다. 과제 발표 이후에 피드백을 반영하면서 구성이 점점 그럴듯해졌고, 그렇게 '촬영과 편집 주재희, 출연 및 액션 디자인 장하율, 명예 멤버 꼬리'라는 역할 분담이 확실해졌다. 처음엔 재희가 보드에서 내려온 것이 마음에 걸렸지만, 정작 재희는 전혀 개의치 않는 것 같았다.

학교 친구들을 중심으로 구독자 수가 점점 늘어날수록 흥이 났다. 기술에 실패해도 나름의 재미가 있었다. 우리의 고군분투가 나름대로 구독자들의 흥미를 유발한다는 걸 알게 됐기 때문이다. 아무리 대차게 넘어져도 웃으며 다시 일어서면 다 괜찮았다. 어떻게 편집해서 포장하느냐가 관건이었고, 재희는 그걸 꽤 잘했다. 보딩 실력도 수준급인 재희는 어떻게 촬영해야 나와 꼬리, 그리고 돌쇠가 주고받는 역동적인 에너지를 포착할 수 있는지 본능적으로 알았다.

"너랑 꼬리는 보울 안에서 몸 풀 때가 제일 멋있어. 그걸 살려야지 얻다 버려."

재희가 구닥다리 드론에서 더 구닥다리인 휴대폰을 떼어 내려고 안간힘을 쓰며 말했다. 어마어마한 가격의 드론 카메라 정품에 눈독 들이던 재희가 수작업으로 제작한 촬영용 드론이었다. 중고 드론에 접착테이프를 덕지덕지 감아 휴대폰을 부착하는 식이었는데 떼어 낼 때가 매번 문제였다.

나는 다시 댓글 창으로 눈을 돌려 스크롤을 계속했다.

W 꼬리도 돌쇠도 행복해 보여. 둘 다 보고 싶다. ♥13

순간 나도 모르게 댓글 작성자를 확인했다. 'westkite'. 웬만한 열혈 구독자는 다 알고 있는데 처음 보는 아이디였다. 꼬리와 돌쇠를 실제로 본 적이 있고, 잘 알고 있다는 듯한. 알고 있다는 걸 알리고 싶다는 듯한…….

"장하율 대원, 긴장한 건 이해하지만 본게임은 이제부터입니다."

패드에서 눈을 떼지 못하는 나를 향해 재희가 장난스럽게 말했다. 일주일 전부터 우리는 그라인드 연습 과정을 촬영하고 있다. 난간이나 계단 모서리를 보드의 몸통으로 미끄러지는 기술인데, 정확한 높이로 보드를 띄운 뒤 바퀴 사이를 오차 없이 구조물과 맞물리게 해야 했다. 물리적인 바퀴가 없는 플라이보드가 일반 스케이트보드보다 쉬울 것 같지만 천만의 말씀. 일반 보드라면 뭔가가 잘되든 안 되든 딱 하고 맞춰지는 느낌이나 소리가 먼저 전달되지만 플라이보드는 전부 감에 의존해야 한다. 낮은 레일은 몇 번 연습으로 성공시켰는데, 계단 난간은 여전히 무리였다.

플라이보더들에게 그라인드, 특히 계단 난간을 이용한 그라인드는 꿈의 기술이었다. 일단 성공하면 아무도 우습게 보지 못했다. 처음 미류 언니를 봤을 때 언니도 그걸 연습 중이었다. 언니는 얼마 지나지 않아 하늘 높이 보드를 띄우더니 계단 난간을 타고 내려와 사뿐히 착지했다. 그때 언니는 이전까지의 살벌한 혈투를 모두 잊은 듯 크게 웃었다. 언니가 그렇게 커 보인 적은 없었다.

내 경우엔 꼬리와 함께하는 문제도 만만치 않았다. 나와 돌쇠가 난간 위를 미끄러질 동안 꼬리는 계단을 달려 내려가 우리의 착지 지점에 딱 맞춰서 도착해야 했다. 내가 나를, 어쩌면 꼬리까지 다치게 할까 봐 선뜻 용기가 나지 않았다. 돌쇠의 오래된 연식도 상황을 악화시키는 데 한몫했다.

우리는 광장 한쪽 계단에 섰다. 나는 계단 꼭대기에, 꼬리와 재희는 계단 아래쪽에. 오늘까지는 나 혼자서 기술을 마스터할 계획이었다. 새 기술을 연마할 때는 언제나 내가 먼저 기술을 익힌 뒤 꼬리와 합을 맞췄다. 그런데 문제는 나와 돌쇠에게서 떨어지는 걸 낯설어하는 꼬리였다. 지금도 고개를 오른쪽으로 기울인 채 나를 바라보고 있다. 뭔가 궁금하거나 이상한 점을 발견했을 때의 버릇이었다. 꼬리와 눈을 맞추자 가슴속이 간지럽기 시작했다.

이럴 땐 그냥 출발. 일단 돌쇠를 굴러야 한다.

"드롭 인!"

한적한 광장에 내 목소리가 쩌렁쩌렁 울려 퍼졌다. 나는 입으로 숨을 빠르게 내뱉고 왼발로 바닥을 힘차게 굴렀다. 장애물을 향해 달려들 때면 주변이 고요해졌다. 세상에 오직 나와 돌쇠뿐이었다.

꼬리, 잘 봐! 언니가 날아오르는 걸!

돌쇠의 뒤축을 굴러서 함께 공중으로 떠올랐다. 난간까지 높이는 넉넉했다. 돌쇠가 얼추 난간 위에 자리를 잡는 듯했다. 나는 부지런히 균형을 잡으며 난간을 타고 내려왔다. 그런데 이 난간이 이렇게 길었나?

난간이 돌쇠와 제대로 맞물리지 않았다는 사실을 뒤늦게 깨달았을 때, 돌쇠와 나는 이미 서로 다른 궤적을 그리며 추락 중이었다.

떨어지고 넘어지는 건 언제나 아프고 얼얼했다. 보통 아픈 건 몸이고 얼얼한 건 마음이지만 반대 경우도 많다. 조금이라도 덜 아프게 떨어지기 위해 집중하던 나는 깨갱 하는 소리에 번쩍 정신을 차렸다. 추락하던 돌쇠가, 떨어지는 나를 향해 달려들던 꼬리의 옆구리를 강타한 것이다. 어디선가 불꽃이 튀었다.

돌쇠는 미끄러지며 꼬리에게서 멀어졌다. 설마 꼬리한테서 불꽃이 나온 건 아니겠지? 나는 헬멧을 풀어 던져 버리고 꼬리를 향해 달려갔다. 꼬리는 일단 정상 작동을 하는 것처럼 보였다. 하지만 바로 몸을 일으키지는 못했다. 나는 재빨리 꼬리를 눕히고 배꼽을 살폈다. 전원 버튼의 초록 불빛은 멀쩡했다. 한숨을 내쉬는데 꼬리가 부리나케 몸을 뒤틀어 내게서 빠져나갔다.

"헐, 다쳤네?"

멀리 달아나던 돌쇠를 잡아 굴려 오며 재희가 말했

다. 오른쪽 팔꿈치 보호대 아랫부분이 쓰라렸다. 살펴보니 선홍색 피가 비쳤다.

한숨을 돌리며 왼팔을 뒤로 기대어 주저앉자 어느새 다시 내 곁으로 다가온 꼬리가 내 손바닥 밑에 제 꼬리를 밀어 넣으려고 애를 썼다.

"내가 볼 때 꼬리는 완전 정상이다."

꼬리의 부상에 있어서 내가 늘 전전긍긍하는 것을 알고 있는 재희가 어색하게 큰 소리로 말했다. 평균 수명 13년을 코앞에 둔 삽살견형 반려로봇 꼬리는 워낙 구형 모델이라 한번 고장 나면 수리비가 어마어마할 것이었다. 돈이 얼마나 들든 수리만 가능하다면 감지덕지할 정도였다.

간지러운 손바닥 때문에 웃음이 났다. 내가 심각해 보일 때마다 꼬리는 제 꼬리를 내 손안에 밀어 넣고 손바닥을 간질였다. 꼬리도 나도 기억하지 못할 만큼 오래된 버릇인데, 효과는 직방이었다.

그러나 꼬리도 어쩌지 못할 불안이 이미 내려앉은 뒤였다. 평소의 꼬리라면 나와 돌쇠가 착지하기 전에 우리 곁으로 달려들 리가 없었다. 그뿐인가. 요즘 배터리는 어찌나 빨리 닳는지. 밤새 충전기 위에서 숙면을 취한 뒤에도 기세가 예전 같지 않았다. 나 혼자 자빠지는 건 괜찮았다. 하지만 꼬리가 다칠 뻔한 걸 목격하자 겁이 덜컥 났다. 결국 우리는 촬영을 접기로 했다.

"오늘까지 촬영 못 하면 모레 업로드 무리잖아. 이번 주는 쉬어 갈까?"

재희의 눈치를 보며 말하자, 언제나처럼 재희가 먼저 방법을 찾았다.

"우리 기말 때문에 바빠서 마지막 하이라이트 영상 올린 지 꽤 됐잖아. 짜깁기할 만한 자투리 영상 좀 모였을 거야. 내가 한번 훑어보고 연락할게. 오케이?"

"멍!"

나 대신 꼬리가 꼬리를 흔들며 대답했다.

"먼저 들어가. 장비 정리는 내가 할게. 가서 엄마 저녁 챙겨 드려야 한다며."

재희가 손을 내밀어 나를 일으키며 말했다. 나는 고개를 끄덕이고 꼬리에게 가슴줄을 채웠다.

그 일이 우리한테 벌어진 거야?

공원은 늦은 오후를 즐기는 동네 주민들로 가득했다. 공원 구석에서 반려로봇 수거용 무인 차량이 바쁘게 움직이고 있었다. 가슴줄을 쥔 손에 절로 힘이 들어갔다. 반려인과 함께 있고, 거기다 가슴줄까지 착용한 반려로봇이 그들의 표적이 될 리 없다는 걸 잘 알고 있으면서. 자동차로 붐비는 공원 입구가 시야에 들어오자, 나는 돌쇠를 일반 모드로 전환했다.

공원 정문을 나서서 뒷발에 힘을 주어 보드 앞을 띄웠다. 습관처럼 꼬리의 위치를 확인하려고 주변을 살피는데, 평소와 달리 꼬리가 돌쇠의 오른쪽에 바싹 붙어 쫓아오고 있는 게 아닌가. 마치 우리가 그 지점에서 오른쪽으로 방향을 틀어야 한다는 것을 전혀 모르는 것처럼. 놀란 나는 방향을 틀지 못한 채 인도 끝에 다다랐고, 차도로 돌진한 꼴이 되어 버렸다.

빠아아앙!

돌쇠에게서 뛰어내려 겨우 중심을 잡고 꼬리를 안아 올렸다. 돌쇠는 급정거한 자동차 밑으로 빨려 들어가기 일보 직전이었다. 운전자가 창문을 내리고 나를 노려봤다. 주변에 있던 모든 사람이 이쪽을 보고 있는 것 같았다. 순간 나도 모르게 로봇 수거 차량의 위치를 확인했다. 수거 차량의 전방 센서가 우리 쪽으로 고개를 돌린 것 같았다. 황급히 꼬리를 쳐다보자, 나와 눈이 마주친 꼬리가 혀를 보이며 해맑게 웃었다.

어떻게 된 거야, 꼬리야. 몇백 번은 지나다닌 길에서 왜 이런 실수를.

두근거리는 가슴이 진정되지 않았다. 나는 결국 돌쇠와 꼬리를 양쪽 옆구리에 끼고 걷기 시작했다. 꼬리가 자꾸만 나를 바라보며 고개를 갸웃하는 게 느껴졌다. 자동차가 급정거하던 순간 운전자 아저씨의 매서운 눈초리보다, 순간적으로 텅 비어 보였던 꼬리의 눈빛이 머릿속에 더 강렬히 남아 떠나지 않았다.

그렇게 허둥지둥 걷다 갑자기 정신이 번쩍 들었다. 점심시간마다 농구대 앞으로 여자애들을 다 끌어모으는 옆 반의 자칭 농구 천재, 타칭 농구(밖에 잘하는 게 없는)바보가 카페 유리창을 통해 나를 빤히 바라보고 있었다.

처음 있는 일이 아니었다. 연습하던 기술이 잘 풀리지 않아서 꼬리도 나도 기분이 별로였던 날, 농구바보는 사람들이 지나다니는 카페 앞에서 드리블 연습을 하고 있었다. 그러다 한순간 녀석이 농구공을 놓쳤고, 그 공이 하마터면 꼬리를 덮칠 뻔했다. 미안하다는 말 한마디 없이 넘어가 놓고, 그 뒤로 카페 창가에 앉아서 저렇게 나를 빤히 쳐다보곤 했다. 그리고 그런 날이면, 항상 일진이 좋지 않았다.

눈에 힘을 주고 마주 보자 농구바보가 황급히 시선을 피했다. 하, 역시……. 오늘은 재수 없는 날이었어.

짜증 나는 순간들을 곱씹으며 반찬 가게로 들어가 특별 반찬 코너를 살폈다. 작가인 엄마는 마감 무렵 밥 먹는 것도 잊었다. 일주일 뒤가 마감이라고 한 게 나흘 전이었으니 지금쯤 우리가 밖에 나갔다는 사실조차 모르겠지.

저녁 식사 준비는 원래 아빠 몫이었지만 이젠 내가 아니면 챙길 사람이 없다. 처음엔 엄마 취향을 반영하려고 이것저것 물어보기도 했지만 언제부턴가 그냥 내 마음대로 메뉴를 골랐다. 오늘의 반찬 가게 추천 메뉴는 '불타는 닭볶음탕'. 정신없이 매운 게 먹고 싶었는데 마침 잘됐다.

포장된 음식을 한 손에 들고 가게를 나섰다. 가로등 불빛이 이미 밝혀져 있었지만, 하루하루 착실하게 길어지는 해 덕분에 서쪽 하늘은 제법 밝았다. 바깥에서 보드를 즐기기 안성맞춤이라 나와 꼬리가 가장 좋아하는 시기였다. 나는 결국 꼬리의 눈빛 공격을 이기지 못하고 돌쇠를 바닥에 내려놓았다. 포장 봉투와 보드를 한 손에 드는 것이 버거웠다며 합리화를 해 봤다. 가슴줄을 조금 늘려 잡은 뒤 돌쇠 위에 올라서서 땅을 박찼다. 꼬리가 슬슬 내 얼굴이 아니라 전방을 주시하며 집중했다. 아파트가 가까워지면서 꼬마들의 재잘대는 목소리로 가득한 집 앞 놀이터가 보였다.

놀이터 주변을 크게 돌자 나지막한 내리막길이 나타났다. 땅을 구르지 않고 방향 전환만 하면서 꼬리가 이

끄는 대로 맡길 수 있는 구간. 꼬리는 마치 썰매 개처럼 나와 돌쇠를 달고 속도를 높였다. 동네 꼬마들의 환호를 즐기며 달리는 내내, 꼬리의 반짝이는 눈에는 장난기가 가득할 테지. 털북숭이 머리부터 듬직한 엉덩이, 감정이 제일 먼저 드러나는 꼬리까지 꼬리의 온몸이 멋지게 보이려고 최선을 다하고 있었다.

그래, 그냥 기분이었던 거야. 꼬리는 괜찮아.

집에 돌아와 손을 씻은 뒤 팔꿈치에 간단히 약을 바르고는 곧바로 소파에 널브러져 태블릿을 켰다. 재희와 나는 매일같이 플라잉테일의 동영상 재생 횟수와 시간, 늘어난 구독자 수와 댓글 수 등을 살피고 공유했다. 광고 유치에 필요한 재생 시간과 신규 구독자 증가 추세를 확인하는 작업이었다.

하지만 그 전에 꼬리의 간식을 챙겨야 했다. 꼬리는 이제 충전 외에도 추가 에너지 섭취가 필요했다. 매일 밤 거치대에서 이루어지는 충전이 취침과 세 끼니의 역할을 한다면, 깨어 있는 동안 전해질을 입으로 섭취하는 것은 군것질이랄까. 하지만 소화 기관이 있는 건 아니어서 배설 활동으로 이어지지는 않았다.

라이브 방송에 달렸던 댓글이 머리를 스쳤다. 낯선 아이디가 남긴 어딘가 익숙한 말투와 묘한 내용. westkite라는 이용자의 이름을 클릭해 보니 어제 구독을 시작한 신규 구독자였다. 오늘의 라이브 방송 외에도 영상 몇 개에 '좋아요' 버튼을 눌렀는데 대부분 초창기 영상이었다. 우리가 한창 이것저것 올려 보고, 재생 횟수가 10회만 넘어도 신기해하던 시절. 놀이터 앞길을 질주하는 꼬리와 돌쇠 같은, 조회수도 별로 높지 않고 별다른 점도 없는 에피소드였지만 나나 재희는 물론 꼬리도 참 좋아하는 영상이었다. 그 안에서 우리는 정말 행복해 보였고, 실제로 행복했으니까.

westkite의 채널에도 들어가 보았지만 직접 올린 동영상은 하나도 없었다. 구독 중인 채널 역시 아이돌 공식 채널뿐인 걸 보면 특별히 플라이보드나 반려로봇에 관심이 있는 것도 아닌 모양이었다. 웨스트카이트, 서쪽 연이라…….

"너로구나, 동연이 동생 서연이가!"

초등학교 입학 첫날 서연이를 본 담임 선생님의 첫마디였다. 세명초 전설의 영재 박동연을 언니로 둔 박서연은 언니와는 다르게 말이 없고 숫기는 더 없는 얌전한 아이였다. 너에게 동생이 있었다면 남연이나 북연이 될 뻔했다며 내가 너스레를 떨 때마다 배시시 웃는 모습이 귀여운.

"멍!"

정신을 차려 보니 꼬리가 고개를 갸웃하며 나를 올려다보고 있었다. 전해질 음료를 그릇에 따르다 말고 화면에 정신이 팔린 나를 더 이상 기다리기 힘들었던 것이다.

"아, 미안, 미안."

나는 음료가 담긴 그릇을 꼬리의 밥상 위에 올려놨다. 서쪽 연이 박서연이라면. 아, 아무래도 속이 좋지 않다. 저녁은 거를까 보다. 불타는 닭볶음탕은 더더군다나 무리고, 어차피 엄마도 작업실에서 일에 몰두하고 있을 테니.

내가 방으로 들어오자 꼬리가 그릇을 핥다 말고 나를 따라왔다. 먹는 동안은 보드용 운동화를 꺼내 들어도 거들떠보지 않을 만큼 좋아하는 간식인데 어쩐 일인가 몰라. 침대 위에 올려 달라며 나를 향해 혀를 빼고 있는 꼬리 얼굴에 마음이 약해졌다.

“딱 5분만이야. 침대 올라오는 건 이제 위험해서 안 돼. 떨어지면 큰일이라고.”

걱정 말라는 듯 멍멍, 짧고 경쾌하게 대답한 꼬리가 이내 내 다리 사이에 자리를 잡았다. 나는 꼬리를 쓰다듬으며 태블릿을 들어 재희를 호출했다. 업로드 계획에 차질을 빚은 것이 아무래도 미안했다. 하이라이트가 될 만한 영상을 고르는 일이라도 도울까 싶었다.

“야, 초비상.”

신호음이 울리기도 전에 화면에 나타난 재희가 속삭였다. 나는 영문을 몰라 눈만 껌뻑였다.

“영어 퀴즈 결과 뜸.”

재희는 외마디를 남기고 사라졌다.

우리가 플라이파크에 있던 사이 영어 퀴즈 시험 결과가 학부모 공지 앱으로 전송된 것이었다. 점수로만 따지면 내가 더 비상이지만 걱정 없었다. 마감을 앞둔 우리 엄마가 공지를 확인할 리 없었고, 아빠는 멀리 있으니까. 재희 아빠가 영어에 유난히 목을 맨다는 건 알지만, 아무리 그래도 그렇지. 퀴즈 하나가 뭐 그렇게 큰일이라고 저렇게까지 호들갑을.

"그렇다면 나라도 영상을 좀 훑어볼까나."

초벌 편집 버전을 열기 위해 플라잉테일 대시보드에 접속하자 이메일 수신 알림이 눈에 띄었다.

●●●
제목: 광고 스폰서 제안 드립니다. 발신인: 일상의 소중한 반려존재, 이츠러브

정신이 번쩍 들었다. 어제 확인한 구독자 수와 재생 시간 증가량은 아직 목표의 70퍼센트밖에 안 됐는데, 어떻게 된 일이지? 특정 광고주가 개별적으로 채널 계정주에게 연락해서 스폰서를 자처하는 경우도 있다고 들었는데, 그 일이 우리한테 벌어진 거야?

플라잉테일 첫 번째 기획 회의 때 우리는 이미 광고를 유치하고 싶은 스폰서 리스트를 만들었다. 빈티지 혹은 최신식 플라이보드와 액세서리 회사, 혹은 각종 촬영 및 후반 작업 장비 회사들이 주를 이뤘다. 이츠러브는 생각지도 못했다. '반려로봇과 함께 타는 보드'가 콘셉트면서 반려로봇 제조 회사를 떠올리지 못하다니! 화려한 기술이 없어도 구독자 수가 꾸준히 증가했던 건 꼬리와 나의 호흡 때문이라고 자평한 적도 있었으면서.

얼른 이 사실을 재희에게 알려서 영광의 순간을 함께 맞아야 했다. 나는 즉시 메시지를 보냈다.

1 당장 관리자 이메일 확인해 봐!

읽음 표시가 뜨기를 초조하게 기다렸지만 감감무소식. 요즘 재희가 내 연락을 확인하는 속도가 부쩍 느려졌다. 이유를 물어보면 또 영어 퀴즈 때문이라고 하겠지만, 분명 그게 전부는 아니었다. 다소 신경질적으로 꼬리를 쓰다듬으며 답신을 기다리던 나의 인내심은 이내 바닥나 버렸다. 에라 모르겠다. 나는 메일을 열어 찬찬히 읽기 시작했다. 손바닥에서 꼬리의 꼬리가 꼼지락대는 게 느껴졌다. 내가 고민에 휩싸인 것을 꼬리가 먼저 알아채기라도 한 것처럼.

2년 전 '우리 가족'이라는 주제의 수행평가 프로젝트를 하면서 나는 꼬리에 대해, 아니 반려로봇에 대해 많은 것을 새로 알게 됐다. 나는 꼬리를 주제로 택했다.

누구의 배 속에서도 태어나지 않은 꼬리는 나와 비슷한 점이 참 많은 우리 집 막내니까.

반려로봇은 반려동물 산업 전반을 둘러싼 비판 여론이 거세지면서 주목받기 시작했다. 동물권을 옹호하는 사람들의 목소리도 힘을 얻었다. 그리고 전 세계를 휩쓴 정체불명의 바이러스와의 싸움에서 대한민국이 앞장섰던 시기, 이츠러브가 실제 동물처럼 성장하는 반려로봇을 선보여 반려로봇 업계의 선두 주자로 떠올랐다. 역병 혹은 악귀와 싸우는 삽살개의 토종 이미지를 앞세워, 당시 유행이었던 'K-열풍'의 덕을 보기도 했다.

내 동생 꼬리도 그때 태어났다. 이츠러브는 동물과의 교감이 필요한 사람들의 심리를 적극 공략했다. 이를 위해 생명 활동, 정확히 말하면 동물의 두뇌 발달을 적극적으로 모방했다. 기본적인 종의 특성별로 활동성이나 친화력 등의 정도가 정해져 있지만, 사용자와의 상호작용에 따라 개체의 성격이 달라진다는 건 정말 파격적인 아이디어였다. 이용자, 즉 반려로봇을 '키우는' 이들은 자신의 반려로봇을 먹이고, 재우고, 씻기기까지 해야 한다. 무엇보다, 후천적인 버릇이 형성되어 잘 '자라도록' 생활 예절도 가르칠 수 있다.

자란다는 것은 나이 든다는 것과 같은 말이었고, 나이가 들어 수명이 다하면 모든 생명과 물건은 이상 증세를 보이기 마련이었다. 과거 반려동물을 유기하는 사람들이 있었던 것처럼 고장 나거나 노후한 반려로봇을 길거리에 버려 두는 경우가 빈번해졌고, 전원이 완전히 꺼지지 않은 채 무단 투기된 반려로봇들이 안전사고를 일으키는 일이 많아지면서 반려로봇을 수거하는 무인 차량까지 생겨났다.

중학교 첫 수행평가는 나에게 최고점과 함께 반려로봇의 노후 증상과 방지법에 관한 노이로제를 남겼다. 꼬리 역시 나이가 든다는 것을, 나이가 들고 있다는 것을 확실하게 깨닫자 꼬리에 관한 모든 일에 견딜 수 없이 예민해져 버렸다.

가족이란 그런 거니까

이츠로봇의 이메일을 다 읽고 생각에 잠긴 나를, 화상 전화의 알림 소리가 다시 현실로 데려왔다. 재희인 줄 알고 얼른 발신인을 확인했지만 화면을 보자마자 실망감에 태블릿을 내려놓았다.

아빠는 2년 전 싱가포르로 떠나면서 나에게 선언했다. 매일 저녁 나에게 화상 전화를 걸겠다고. 그게 무슨 큰일 날 소리냐고, 세상에 그 어떤 중학생이 부모님과 매일 대화를 나누겠냐며 짜증을 냈지만 소용없었다. 받기 힘들면 그냥 안 받아도 되고, 아무 말 하기 싫으면 얼굴만 보여 달라는 일방적인 통보였다. 그리고 아빠는 정말 매일같이 나에게 전화를 걸었다.

언젠가부터 아빠는 마치 분리불안이라도 겪는 것처럼

내게 매달렸다. 일정 한도 이상으로는 내게 참견하지 않으려 안간힘을 쓰는 엄마와는 여러모로 대조적이었다. 어쨌거나 오늘은 로봇공학자로서 아빠의 의견이 필요하긴 했다. 나는 다시 태블릿을 집어 들었다. 집요하게 울리는 알림 소리마저 어쩜 저렇게 아빠 같은지.

메인 화면이 연결되자, 다른 일을 보고 있었는지 넋을 놓고 있던 아빠가 흠칫 놀랐다. 내가 진짜 전화를 받을 거라고 예상 못 했겠지. 그러나 이내 아빠는 과장된 연호를 뿜어냈다.

"보, 드, 황, 제! 장, 하, 율!"

"멍, 멍, 멍, 멍! 멍, 멍, 멍!"

이를 곧잘 따라하게 된 꼬리가 아니나 다를까 화면 가득 얼굴을 들이밀며 부산을 떨었다.

"이야, 우리 딸 못 보던 사이, 강아지가 된 거야?"

이 와중에 썰렁한 농담을 잊지 않는 아빠에게 내 심드렁한 얼굴이 보이지 않는단 게 다행이라면 다행이었다.

"아빠 도움이 필요해."

나는 바로 본론에 진입했다. 이츠러브의 이메일을 중요 부분만 복사하여 채팅창에 붙여 전송했다. 자사 초기 라인의 수명 기한이 가까워지면서 준비한 '마인드 백업' 이벤트에 꼬리가 참여한 뒤 이후 PPL로 후기를 언급하면 중간 광고와 별도의 광고료를 지불한다는 게 주된 제안이었다.

아빠가 금세 진지한 얼굴로 자세를 고쳐 잡았다. 우리는 함께 이메일은 물론, 이츠러브 웹 사이트의 이벤트 소개 페이지를 찾아 읽었다. 메모리, 중앙처리장치, 하드디스크 등 교체되는 주요 부품의 사양을 확인하고 백업 과정을 따진 끝에 아빠의 의견은 문제없겠다는 쪽으로 기울었다. 계속해서 회의적인 나에게 아빠가 말했다.

"인간과 상호작용하는 시간이 긴 반려로봇일수록 마인드는 각종 경험으로 가득 차게 돼. 풍부한 경험은 풍부한 감정으로 연결되니까 당연히 그 자체로는 좋은 일이지. 하지만 마인드에 여유 공간이 부족할수록 노이즈가 커질 수밖에 없는데 이걸 노화로 볼 것인지, 사용자 최적화로 볼 것인지는 시각의 차이에 따라 달라질 뿐 같은 이야기거든. 이때 기존 마인드를 클라우드에 백업해서 동기화해 두면 불의의 사고로 본체가 손상되어도 마인드는 완전히 복구할 수 있어. 기존 하드의 과부하를 막을 수 있으니 노이즈로 인한 노후 속도 역시 획기적으로 늦출 수 있고.”

“하지만 이 부작용을 좀 봐. 동기화가 빨리 이루어지지 않거나, 기존의 성격과는 다른 자아 혹은 버릇이 생길 수 있다잖아!”

나는 나도 모르게 큰 소리로 따지듯 대꾸했다.

“그거야…… 마음이 커지느라 꼬리가 잠시 힘들어할 수는 있지만, 그땐 네가 무조건 도와줘야지. 가족이란 그런 거니까.”

아빠는 나에게 했던 말을 주어만 바꿔 반복하고 있었다.

‘하율이 마음이 커지는 중이라서 그래. 엄마 아빠가 무조건 도와줘야지. 가족이란 그런 거니까.’

나는 짐짓 모른 체하고는 꼬리 물기에 여념이 없는 꼬리를 바라봤다. 꼬리 잡기는 진작에 졸업할 줄 알았는데 참 변하는 게 없지. 안 그래도 요즘 평소와 다른 구석이 자꾸 보여서 불안한데 마인드 백업이라니. 더 많이 달라질 수도 있다니. 그래도 괜찮을까. 꼬리가 달라진다면, 낯선 꼬리를 나는 예전처럼 대할 수 있을까.

“진짜 꼬리가 아니게 되면 어떡해.”

내가 중얼거리자 아빠가 물었다.

"그게 진짜와 가짜의 문제야?"

"뭐래. 그거야 당연히……."

나는 말을 끝맺지 못했다. 정의하기에 따라 나부터도 아빠의 진짜 딸이라고 할 수 없다. 하지만 그렇다고 가짜는 아니지. 불만스럽게 화면을 응시하는데, 아빠가 갑자기 화제를 바꿨다.

"올해 생일 선물로 뭐 받고 싶어? 엄마랑 얘기 좀 해 봤어? 슬슬 보드 바꿀 때 안 됐나?"

내년이면 고등학생이라 남들은 타던 보드도 접을 때인데 태평하게 새 보드 타령이라니. 뭔가 불안하고, 걱정되고, 마음에 들지 않는 게 분명한데 태연한 척하고 있다는 걸 그렇게 티 내지 말아 달라고요. 내가 그렇게 오랜 세월을 함께한 돌쇠를 쉽게 바꾸려 할 리 없다는 걸 다 알고 있으면서.

"없어, 그런 거."

나는 여러모로 통명스럽게 통화를 마무리했다. 전화를 끊고 다시 휴대폰을 확인했다. 재희는 아직도 내 메시지를 확인하지 않았다. 아까 촬영 전후로도 내내 휴대폰만 들여다보던 재희의 모습이 떠올랐다. 아무래도 석연치 않았다.

결국은 잠을 설쳤다. 자정이 다 되어서야 이메일을 확인한 재희에게 뒤늦게 메시지가 도착했고, 남의 속도 모르고 그저 흥분한 재희 때문에 내 속은 더 뒤집어졌다.

아침으로 빵이 좋을까 시리얼이 좋을까 고민하며 부엌에 들어서자 웬일로 엄마가 이 시간에 우아하게 커피를 마시며 책을 읽고 있었다. 현실 도피 중인 게 분명했다. 이럴 땐 모르는 척이 상책이었다.

식빵을 토스터에 넣는데 내 곁을 맴도는 꼬리를 발견한 엄마가 말을 걸었다.

"꼬리 또 옆에서 재웠어? 충전기에서 재워야지."

"아닌데. 열 시간 채워서 충전했는데."

뜨끔해서 일단 거짓말을 해 놓고 목걸이의 배터리 잔량 신호를 확인하니 어느새 56퍼센트였다.

새벽에 내 품으로 파고들 때 시간을 확인했고, 얼추 여섯 시간은 재웠기에 그냥 뒀던 건데. 여섯 시간 연속 충전이면 80퍼센트까지 충전된다는 걸 확인한 지 한 달도 안 됐고, 80퍼센트 충전이면 열여덟 시간 동안 활동이 가능했다. 처음엔 두 시간 급속 충전으로도 서른 시간 연속 활동이 가능했지만. 반려로봇들은 백업 배터리가 없어서 내장 배터리의 노화를 최대한 늦추며 잘 관리하는 수밖에 없다. 지난 밤 아빠와 함께 마인드 백업에 대해 조사할 때 읽었던 구절이 떠올랐다. 마인드 용량의 과부하가 배터리 노화에 큰 영향을 미친다고 했던.

다시 책으로 눈을 돌린 엄마가 커피 잔을 달칵 내려놓으며 말했다.

"뭔가 정상이 아니군. 당분간은 꼬리랑 보드 타지 마라."

정상이 아니라니, 이건 자연스런 노화 과정일 뿐이라고! 나는 볼멘소리를 늘어놓으려다 입을 다물었다. 엄마라면 마인드 백업 따위, 당연히 해야지 뭘 고민하냐고 말할 것이다. 꼬리의 평균 수명은 이제 코앞이고, 꼬리와 그냥 작별하고 싶은 게 아니라면 당연히 서둘러야 한다고. 언제나 합리와 효율이 제일 중요한 엄마의 반응은 이제 쉽게 예상할 수 있었다.

엄마는 언제나 그런 식이었다. 다른 사람에게 무엇이 얼마나 중요한지는 생각해 본 적 없는 사람처럼, 아니 그런 건 중요하지 않다고 여기는 사람처럼 쉽게 말했다.

나는 중학교 1학년 2학기가 시작되기 일주일 전 이 동네에 이사 왔다. 방 정리를 마치고 나자 슬슬 플라이파크에 가 보고 싶었다. 한 달 가까이 이어졌던 최고 방역 단계가 완화되어 야외 활동이 가능해진 참이었다.

꼬리와 함께 보드를 타기 시작하면 마음이 좀 진정될 것 같았다. 보드를 함께 탈 만한 친구를 운 좋게 발견할 수 있을지도 몰랐다. 반려로봇과 함께 플라이보드를 타는 것이 그리 흔한 일은 아니니 어느 정도 주의를 끌 자신이 있었고, 무엇보다 꼬리의 귀염성이 새로운 동네에서도 분명 먹힐 거란 확신이 있었다.

보드용 운동화를 찾아 내려놓자마자 꼬리는 흥분을 감추지 못했고, 들키지 않고 현관을 나서려던 계획은 당연히 실패했다.

"보드는 아직 안 돼."

작업실 정리에 여념이 없던 엄마가 거실로 나와 말했다.

"이 동네 플라이파크가 엄청 유명해. 탐사만 하고 올게. 내 방 정리도 다 끝났어!"

"너도 꼬리도 이 동네 전혀 모르잖아."

"꼬리한테 동네 지도 다 다운로드해 뒀어. 10분밖에

안 걸린대."

"2킬로미터 밖인데 10분?"

엄마가 공원 위치를 미리 확인했다는 걸 간과한 나는 그대로 얼어붙었다.

"나가자마자 보드를 타겠단 거네. 어느 골목에 차가 많은지, 이 동네 운전자들 습관이 어떤지, 길 너비는 얼마나 되는지 그런 것들은 하나도 모르면서."

뭐라 반박할 수가 없었다. 모두 맞는 말이었다.

"그럼 엄마랑 같이 나가. 컴퓨터만 세팅하면 끝이야. 5분만."

그래도 그건 아니었다. 엄마와 함께 보드를 타러 나온 또래에게 말을 걸고 싶어 할 중학생은 없다. 혹시나 꼬리와 내 환상의 호흡에 누군가 다가오는 기적이 벌어진다 하더라도 엄마는 분명 매의 눈으로 정보를 수집하려 들겠지. 나이가 많거나 적네, 보드를 너무 잘 타거나 너무 못 타네, 너무 멀리 사네, 다른 학교에 다니네 등등 논리적인 척 시시콜콜 이유를 들어 가며 훼방을 놓을 게 분명했다.

고개를 들자 엄마가 고개를 한쪽으로 기울이며 내 얼

굴을 보고 있었다. 결국 나는 보드를 포기한 채 꼬리와 둘이서만 집을 나섰다.

꿈에만 그리던 온갖 구조물이 널찍이 들어찬 공원 이곳저곳에서 플라이보드는 물론 플라이인라인이며 플라이바이크까지 현란한 기술을 뽐내는 언니 오빠들을 구경하느라 시간 가는 줄 몰랐다. 땀을 뻘뻘 흘리며 틱택• 을 연습하던 재희를 처음 본 것도 그날이었다. 나는 한눈에 재희가 나와 진짜 친구가 될 애라는 걸 알았다. 그 자리에서 말을 걸 용기는 낼 수 없었지만, 등교 첫날 교실에서 그 아이를 발견했을 때의 반가움이란! 그리고 내 예상대로, 우리는 보드를 향한 열정을 확인하며 자연스럽게 단짝이 되었다.

그래, 괜찮아. 나는 분명히 알아볼 수 있을 테니까. 가짜 꼬리와 진짜 꼬리를. 꼬리가 진짜가 아니라면, 그때는 이 언니가 나서서 진짜 내 동생 꼬리를 되찾으면 돼. 할 수 있고 말고. 나는 알 수 없는 대상을 향해 자꾸만 결심을 되뇌었다.

• 보드 전방을 좌우로 흔들어 전진하는 기술.

언제까지나 함께

나는 제안 메일을 받은 지 3일이 지나서야, 이츠러브에 제안을 수락한다는 답장을 보냈다. 내 생각이 매 순간 바뀌기도 했고, 평소답지 않게 별생각 없이 나사 하나 빠진 것처럼 좋다고만 말하는 재희의 반응은 못마땅했다. 그러저러한 우여곡절 끝에 나와 꼬리는 이츠러브 본사 고객센터 로비에서 담당자를 기다리는 중이었다. 마감 직후 비몽사몽 상태의 엄마도 함께.

원래라면 엄마가 아니라 재희가 같이 왔어야 했다. 그런데 재희는 불과 몇 시간 전 메시지를 보냈다. 정말 정말 같이 가고 싶은데 영어 퀴즈 대참사의 후폭풍이 거세다며 학원 보강을 피할 수 없다고 했다. 어설픈 핑계라는 예감이 강렬히 들었지만 아무 말도 하지 않았다. 아니, 할 수가 없었다.

낮에 급식실 대각선 방향 테이블에서 재희에게 눈짓을 보내던 농구바보와 연신 그쪽을 바라보며 신경을 쓰던 재희의 모습. 바로 알 수 있었다. 재희가 우리한테 소홀해진 게 바로 저 녀석 때문이구나. 그러고 보면 재희는 꼬리가 농구공에 맞을 뻔했을 때도 실수였을 거라며 은근히 농구바보를 감쌌더랬다.

나는 일부러 밥을 일찍 먹고 재희를 재촉해서 급식실을 나섰다. 그런데 교실에 거의 다 왔을 때, 재희가 뭔가를 두고 왔다면서 헐레벌떡 돌아섰다. 나도 함께 가자며 따라나서려는 걸 한사코 마다하면서.

주재희, 너 요즘 대체 왜 그러냐고, 뭐가 그렇게 소중해서 말도 안 해 주는 거냐고, 아무렴 이 언니가 동생이 연애한다는데 그걸 훼방 놓겠냐고, 농담처럼 서운함을 털어놓고 싶은 마음이 굴뚝같았다. 그런데 입이 떨어지질 않았다. 재희에게 남자 친구가 생기는 것보다, 그게 하필 재수 없는 농구바보인 것보다, 재희가 정색하며 잡아뗄까 봐 무서웠다. 그러는 너는 나에게 정말 아무런 비밀도 없는지 되물어 볼까 봐 두려웠다.

한 손에는 휴대폰을 쥐고 다른 한 손은 이동장 안에 집어넣어 꼬리의 꼬리를 만지는데, 휴대폰이 부르르 떨렸다. 재희의 문자였다.

어떻게 되고 있는지 상황 바로 공유해 줘! 오후 5:12

반가운 마음에 답신을 보내려는데 상대 역시 메시지를 작성 중이라는 표시가 깜빡이기 시작했다. 혹시 오늘 나오지 못한 진짜 이유를 말하려는 걸까. 나는 일단 타이핑을 멈추고 다음 말을 기다렸다. 그런데 아무리 기다려도 계속해서 같은 표시만 깜빡일 뿐이었다. 얼마나 긴 말을 쓰고 있기에 이렇게 오래 걸리는 거야.

"하민정 고객님?"

그때 담당자가 엄마의 이름을 불렀다. 꼬리를 처음 구매하여 사용자 등록한 사람이 엄마였던 모양이다. 엄마가 일어서며 말했다.

"네, 하민정입니다."

나는 결국 재희에게 메시지를 받지 못한 채로 휴대폰 화면을 끄고 꼬리가 들어 있는 이동장을 집어 들었다. 엉

거주춤 자리에서 일어서자 담당자가 나를 보며 말했다.

"하율 씨죠? 반가워요. 꼬리는 그 안에 있나요?"

"아, 네."

"이야, 네가 꼬리구나. 나도 네 팬이야!"

담당자가 이동장을 들여다보며 꼬리에게 인사를 건넸다. 그러고는 굽혔던 허리를 펴고 의미심장한 표정으로 나를 쳐다보더니 이내 엄마와 나를 번갈아 바라보며 말했다.

"눈은 아버님 닮았단 소리 듣죠?"

또, 또, 그놈의 눈. 외모 타령 중에서도 내가 제일 싫어하는 타령이었다.

나는 눈이 크고 쌍꺼풀이 진하다. 아주 어릴 때부터 누구든 처음 만나면 눈 얘기를 하지 않고는 못 배겼다.

"와, 눈이 정말 예뻐요! 아역 배우 아니에요?"라는 말을 심심찮게 듣곤 했다. 칭찬이랍시고 한 말이겠지만, 엄마와 아빠가 함께 있을 땐 상황이 달랐다. 엄마와 아빠는 둘 다 전형적인 외꺼풀 눈이다. 사람들은 내 눈을 칭찬한 뒤에, 아차 싶단 표정으로 엄마와 아빠 양쪽을 번갈아 쳐다봤다. 거기서 그치면 양반이었다. 기어이 "근데 앤 누구 닮은 거예요?"라고 묻는 경우까지 겪어 봤다.

"네, 맞아요."

엄마가 감흥 없이 대답했다. 물론 거짓말로. 아빠와 떨어져 살기 시작하고 답변이 엄마 몫이 된 이래로는 대처가 그나마 편해진 편이었다. 담당자는 예상했다는 표정으로 싱긋 웃고는 '제품 검수실'이라고 적힌 방으로 우리를 안내했다.

방에 들어서자마자 담당자는 이동장을 검사대 위에 올려놓고 입구를 열어 꼬리를 꺼냈다. 담당자가 꼬리의 귀와 머리와 배꼽을 이리저리 만지자, 꼬리는 이내 잠이 든 것처럼 축 처졌다.

꼬리를 만난 이후 처음 보는 모습이 어색했다. 담당자는 꼬리의 몸 곳곳에 작은 단자를 연결하고 메인 모니터를 주시했다. 종료 버튼이 없는 반려로봇을 강제 종료시키는 방법이 있다더니 이런 거였구나.

"꼬리를 최초 작동시킨 이후 한 번도 강제 종료한 적이 없네요? 초기화하신 적도 없고요?"

내가 고개를 끄덕이자 담당자가 눈을 크게 떴다.

"좀 말썽을 부리거나, 약간이라도 나쁜 버릇이 생겼다 하면 다들 초기화를 시키는데. 이렇게 구동 시간과 메모리 사용량이 정확히 일치하는 경우는 처음 봤어요."

"그런 게 가능하다는 것도 몰랐는데요."

엄마가 중얼거리듯 말했다.

"원래는 안 되죠. 긴급 수리가 필요할 때 저희가 사용하는 단축키 같은 게 있는데 그걸 어떻게 알아내선 고객님들끼리 죄다 공유했더라고요."

초등학교 3학년 때 내 훈련 기록장을 꼬리가 물어뜯은 적이 있었다. 보드 챔피언이 될 때까지 잘 간직해야 하니까 앱이나 컴퓨터 파일이 아닌 진짜 종이 공책을 사용해야 한다고 고집해서 시작한 기록이었다. 나중엔 서연이도 합류해서 교환 일기장도 겸했다.

그렇게 1년 넘게 꾸준히 사용한 끝에 마지막 장까지 세 장밖에 남지 않은 소중한 공책을, 꼬리가 구석구석 꼼꼼하게 잘근잘근 씹어 버린 것을 뒤늦게 발견했다. 그동안의 모든 노력이 백업 파일도 남기지 않고 흔적도 없이 사라져 버린 거다.

아무리 훈련시켜도 버릇을 고치지 못하더니 결국 일

을 낸 꼬리가 그저 원망스러웠다. 남의 속도 모르고 옆으로 다가와 제 꼬리를 들이밀었을 때, 화가 치밀어 오른 나는 초기화 방법을 알려 달라며 아빠를 졸랐다. 이미 걸레가 되어 버린 기록장 중에서 건질 만한 부분을 찾으며 엄마가 대신 대답했다.

"반려로봇은 그런 거 못 한다고 우리가 그랬지. 그러게 꼬리 버릇은 네가 제일 잘 알면서……."

도움이 안 되는 엄마의 말. 함께 사태 수습에 여념이 없던 아빠는 고개를 들더니 내가 아닌 꼬리에게 손을 내밀었다. 내가 자꾸만 자신을 뿌리치자 어쩔 줄 몰라 하던 꼬리가 재빨리 그쪽으로 향했다. 아빠의 손 밑에서 그저 행복해 보이는 꼬리를 노려보자, 나를 향해 아빠가 말했다.

"함부로 반려로봇을 리셋하는 건 위험해. 다시 전원을 켜면 우리가 꼬리랑 함께한 시간을 꼬리가 하나도 기억 못 할 수도 있거든."

"그게 뭐, 전화기도 컴퓨터도 태블릿도 고장 나면 원래 전원을 껐다 켜는 거잖아. 반려로봇이라고 다를 게 뭐야. 본체가 있으니 기억이야 다시 만들면 그만이지."

"장하율."

아빠가 저렇게 내 이름 세 글자만 부르는 게 어떤 의미인지 잘 알고 있었다. 내가 말도 안 되는 억지를 부리고 있다는 뜻이었다.

나도 알았다. 꼬리는 전화기도 컴퓨터도 태블릿도 아닌 내 동생이라는 걸. 그리고 꼬리는 고장 난 게 아니란 걸. 엄마 아빠가 화낼 만한 말과 행동을 골라서 했던 내가 불량이 아니었듯이. 무엇보다 나는, 기억과 몸 중 하나만 택해야 한다면 기억이 진짜라고 믿는 쪽이었다.

그날 저녁을 다 먹은 뒤 엄마는 나와 꼬리를 데리고 집 앞 문구점에 갔다. 나는 새로운 훈련 기록장을 골랐고 엄마는 그와 똑같은 노트를 사서 꼬리의 거치대 앞에 놓아두었다. 꼬리가 또다시 종이를 물어뜯고 싶어지더라도 가짜 훈련장이 희생될 수 있도록. 하지만 꼬리는 그 후로 두 번 다시 종이를 물어뜯지 않았다.

아빠가 초기화 방법을 몰랐을 리 없다. 단지 내가 아무렇게나 내뱉는 말이 절대로 나의 진심이 아니란 걸 알고 있었던 거다.

"13년어치 기억이 꽉 채워져 있는 마인드니 백업 분

량이 꽤나 묵직하겠네요."

"이츠러브의 인공 지능은 기억과 자극이 늘어날수록 처리 가능 용량이 점점 커져요. 인간의 마인드처럼. 한계가 없죠."

엄마의 말에 대답하는 건데도 담당자는 나를 바라보며 말했다. 마지막 말에서는 자신의 머리를 검지로 가리켰는데, 그래서 그게 좋다는 건지 나쁘다는 건지 알 수가 없어 불안해졌다.

"이렇게 백업을 해 두면 용량이 아무리 커져도 문제가 없어요."

"데이터가 그렇게 방대하면, 실시간 동기화가 무리 없이 이루어질 수 있을까요?"

내가 차마 묻지 못한 것을 엄마가 질문했다.

"처음엔 아무래도 시차가 있을 수 있어요. 백업 자체에 걸리는 시간도 좀 길어질 수 있고. 원래는 하루면 충분한데, 꼬리는…… 내일 오전쯤에 제가 다시 한번 연락드릴게요."

"부작용이나 특별히 신경 써야 할 부분은요?"

감기약 부작용을 문의하는 것처럼 사무적인 엄마의

말투가 거슬렸다. 앞선 질문과 달리 좀 더 뜸을 들이는 담당자의 태도는 더욱 마음에 들지 않았다.

"꼬리 회수하실 때 자세히 알려 드릴게요."

담당자는 매번 말을 마칠 때마다 꼭 한 번씩 나와 눈을 맞췄다. 이 결정은 네가 내린 것이니 모든 절차와 혹시 있을지 모를 부작용은 스스로 감당해야 한다는 듯.

검수실을 나서기 전 나와 엄마는 차가운 검사대 위에 누워 있는 꼬리를 쓰다듬었다. 엄마는 꼬리의 머리를, 나는 꼬리의 꼬리를. 담당자가 그런 우리를 안심시키려는 듯 말을 더했다.

"꼬리의 본체 자체는 관리가 상당히 잘 된 편이에요. 마인드에 경험이며 감정들도 잘 만들어져 있고요. 걱정 마세요."

이츠러브 본사를 나서 엄마와 나는 버스 정류장을 향해 말없이 걸었다. 갈 때는 셋이었는데, 지금은 꼬리가 없다.

나는 말문이 터지자마자 동생 타령이었다고 한다. 그 결과 두 번째 생일 선물로 나에겐 동생이 생겼다. 아빠가 그날 촬영한 동영상에는 꼬리의 이름을 처음으로 부르는 내 목소리가 담겨 있다. 꼬리와 함께 그 동영상을 몇십, 몇백 번은 함께 보았고 그 때문인지 먼 옛날의 일이 마치 얼마 전 일처럼 생생했다.

꼬리의 전원 버튼을 누르던 순간, 손을 뻗어 긁을 수 없는 어딘가가 참을 수 없이 간질간질하던 기분. 눈을 떼지 못한 꼬리가 천천히 구동을 시작하는 모습을 바라볼 때 터질 것 같았던 가슴. 드디어 움직일 수 있게 된 꼬리가 꼬물꼬물 다가와 내 손을 핥을 때 느껴지던 축축하고 말랑거리는 따뜻한 감촉. 처음엔 살살, 이내 힘차게 흔들리던 꼬리가 손바닥에 닿을 때의 간지러움. 몸 전체가 꼭 꼬리가 된 양 움직이는 털 뭉치를 향해 내가 외쳤다.

"꼬리! 꼬리!"

별것 아닌 일에도 자꾸만 겁이 나고, 그걸 감추려다 보면 나도 모르게 화가 나던 그 시절에도 우리는 늘 함께였다. 초등학교 2학년, 엄마는 갑자기 작가가 되어 마감이란 것에 시달리면서 예전보다 훨씬 자주 화를 내기 시작했고, 아빠는 돈을 더 많이 벌 수 있는 회사로

옮긴 뒤 집에 늦게 들어오는 날이 많았다. 학교 공부까지 갑자기 어렵게 느껴졌다. 엄마 아빠를 닮았다면 그 쯤은 아무렇지도 않게 해내는 것이 당연할 텐데 난 아무래도 자신이 없었다.

엄마가 더 이상 내가 잠들 때까지 옆에 있어 줄 수 없다고 한 것도 그 무렵이었다. 나는 꼬리를 안고 누워서 생각했다. 글을 쓰는 것이나 돈을 많이 버는 것이 중요한 엄마와 아빠가 이제 나 같은 딸은 필요하지 않게 된 게 아닐까. 내가 공부도 못하고 똑똑하지 않은 아이라는 걸 알게 되면 나를 만난 것을 후회하게 되지 않을까. 머릿속을 가득 채운 그런 말들을 입 밖으로 꺼내면 꼬리가 자신의 꼬리를 내 손에 말아 넣으며 낑낑거렸다. 내가 누구든, 어떤 아이든 상관없이 나를 사랑한다고, 언제까지나 함께할 거라고 달래 주듯이.

그 무렵 꼬리가 내 곁에 있지 않았다면, 꼬리를 산책시키는 일과가 내 몫이 아니었다면, 그렇게 무작정 길거리를 걷다가 플라이보드를 즐기는 한 무리의 언니 오빠들을 발견하지 않았다면, 그리고 플라이보드를 기운차게 쫓아다니는 꼬리 덕분에 보드에 입문하지 않았다면,

내 막막함은 아마 영원히 끝나지 않았을 것이다.

숙제를 다 마치기 전에는 놀 수 없다는 엄마의 규칙을 한 달 동안 지킨 끝에 나는 그해 산타클로스 할아버지에게 플라이보드를 받아 냈다. 엄마와의 약속을 그렇게 오랫동안 지킨 것은 그때가 처음이자 마지막이었다.

꼬리와 나는 멋진 팀이었다. 나는 인터넷을 뒤져서 다음에 익힐 기술을 골라 꼬리에게 보여 주고, 꼬리가 얼마나 흔들리는지 살펴서 도전 과제를 정했다. 수백, 수천 번씩 넘어지며 연습할 때마다 꼬리는 옆에서 매번 다른 높낮이와 리듬으로 짖어 대며 나를 응원했다. 새로운 기술이 어느 정도 몸에 익으면 꼬리가 등장했다. 틱택으로 전진하는 내 옆에서 꼬리가 처음으로 함께 달렸을 때는 정말 굉장했다. 보드의 속도와 방향을 어떻게 미리 아는지 정확하게 예측해서 반걸음 앞서 달리는 꼬리가 좌우로 방향을 바꿀 때마다 꼬리의 꼬리가 발랄하게 흔들렸다. 꼬리 덕분에, 약간은 어설펐던 나의 보딩이 훨씬 돋보였다.

우리는 그렇게 함께 보드를 배웠고 꼬리는 나의 보드 인생 그 자체인 셈이었다. 그래, 우리는 다시 함께 달릴 거야. 그렇고 말고.

그런 생각을 하며 양팔을 앞으로 쭉 뻗어 기지개를 켜는데 왼쪽 팔뚝의 수술 자국이 눈에 띄었다. 꼬리와 함께 돌쇠와 친해진 모든 시간은 내 몸에도 영광의 상처를 남겼다. 알리•를 연습하다 대차게 넘어져서 왼팔이 골절됐을 때, 금속판을 넣고 1년 뒤에는 다시 그 판을 빼내야 했다. 두 번의 수술 끝에 생겼던 선명한 흉터가 이제는 제법 많이 흐려져 있었다.

• 보드와 함께 뛰어오르는 기술.

꼬리가 옆에 없으니

집 근처 버스 정류장에 도착했지만 재희는 여전히 감감무소식이었다. 꾸역꾸역 쓰던 말은 왜 끝내 보내지 않는 건지, 대체 무슨 말을 하고 싶었던 건지 당최 알 수 없었다. 결국 나는 5초에 한 번씩 확인하던 메시지 창을 닫고 스트리밍 앱을 켰다. 채널의 일일 수치 업데이트를 확인한 뒤, 구독자들이 달아 놓은 댓글을 읽었다. 새로운 업로드가 없으니 별다른 변화도 있을 리 없는 와중에 새로운 댓글이 보였다. 작년 이맘때 올렸던 꼬리와 나의 합동 생일 기념 동영상에 달린 westkite의 댓글이었다.

W 언제나 함께인 둘의 생일을 미리 축하해. ♥5

역시 서연이였구나.

내 생일과 꼬리의 생일이 같다는 걸 알게 된 이후 서연이는 나에게 생일 선물을 줄 때마다 꼬리의 선물도 함께 챙겼다. 세트 머리끈이나 목걸이를 선물한 뒤 기뻐했고, 그걸 나와 꼬리가 똑같이 착용할 때면 더 기뻐했다. 카드 문구는 항상 비슷했다. '언제나 함께.'

언젠가 서연이에게 지나가듯 말한 적이 있다. 아무에게도 차마 할 수 없는 말을 꼬리에게 털어놓으면 기분이 나아진다고. 그때 서연이는 말했었다. 언제나 내 편이고 무슨 일이 있어도 나를 떠나지 않을 꼬리가 부럽다고. 자기는 그럴 수 없다는 걸 돌려 말한 거였을까. 온몸에서 피가 빠져나가는 기분이었다.

"너 여긴 또 언제 다쳤어?"

그라인드를 시도하다 다친 팔꿈치를 발견한 엄마가 물었고, 나는 황급히 앱을 닫았다. 워낙 가벼운 상처라 첫날만 약을 바른 뒤 잊고 있었다. 보드를 타기 시작한 뒤 크고 작은 상처가 없는 게 이상한 지 오래인데 뭘 또 새삼스럽게. 어차피 대답을 기대한 질문도 아니었겠지만.

"하율이 키가 엄마보다 커졌네."

대답 없는 나를 익숙하다는 듯 지켜보던 엄마가 중얼거렸다. 해를 등지고 선 우리의 그림자가 길게 뻗어 있었다. 둘 중 내 것이 확연히 길었다.

"참 좋다. 우리 딸이 엄마 키 안 닮아서."

퍽이나 좋겠다. 딸이 자기 안 닮아서.

"엄마도 키 크게 노력을 좀 해 보지 그랬어."

"그게 노력한다고 되나."

"그럼, 애를 직접 낳아 보려는 노력은 해 봤어?"

이쯤 되면 엄마가 그만하라는 신호를 줄 법도 한데. 하지만 엄마는 익숙하다는 듯 덤덤하게 대답했다.

"아니."

거짓말이다. 엄마는 뭐든지 노력으로 달라질 수 있다고, 미리미리 준비하면 모든 문제에 대처할 수 있다고 믿는 사람이었다. 진짜 자기 앤지 의심할 필요도 없이 자기랑 꼭 닮은 아이를 가지려는 노력을 해 보지 않았을 리가. 나만 해도 마인드 백업을 마친 꼬리가 진짜 꼬리가 아닌 무언가가 되어 있을까 봐 이렇게 걱정이 되는데, 낳지도 않은 아이의 부모가 되겠다고 나선 마음은 어떨지 짐작도 가지 않았다. 만약 그때의 내가 엄마 아빠가 아닌 다른 사람들을 만났다면 어떤 모습이 되었을지 상상해 봐도 마찬가지였다.

뾰족한 생각들이 쉴 새 없이 꼬리에 꼬리를 물었다.

아무래도 꼬리가 없기 때문인 것 같았다. 꼬리가 옆에 없으니, 꼬리의 꼬리가 내 손바닥을 간질이지 않으니 나쁜 생각들을 도무지 멈출 수 없었다. 엘리베이터를 기다리다가 내가 물었다.

“영어 퀴즈 결과 봤어?”

“아니.”

이것도 거짓말. 엄마는 마감을 끝낼 때마다 바로 학부모 공지를 확인한다. 결과가 마음에 들지 않지만 그렇다는 티를 내면 안 된다는 생각에 꾹 참고 있을 게 뻔하다.

“왜? 엄마가 알아야 돼?”

그러고 보면 내가 언제까지 이렇게 공부는 뒷전이고 플라잉테일에 열중할 건지 엄청 궁금할 법도 한데 엄마는 그 역시 갖은 노력을 기울여 모르는 척하고 있었다.

“엄마가 알았으면 좋겠어?”

엄마가 한 번 더 물었다. 이 질문에 대한 답은 나도

모르겠다.

"아니."

그러니까 이건 내 거짓말이다.

"그래, 그럼. 도움이 필요하면, 엄마 생각이 필요하면 얘기해 줘."

내 학업에 관한 엄마의 태도는 언제나 이런 식이다. 처음부터 그랬던 건 아니었다. 초등학교에 입학한 뒤 1년 남짓 엄마는 매일같이 내 공부를 봐줬다.

그때 나는 엄마가 나를 신경 쓰며 챙겨 준다는 게 좋았고, 그래서인지 공부도 재미있었다. 하지만 수업 난이도가 조금씩 어려워지면서, 엄마는 나를 답답해하기 시작했다. 열심히 했는데도 엄마의 얼굴에 스치는 실망감을 본 뒤로는 차라리 공부를 아예 포기하겠다고 다짐했다. 노력해 봤자 뭐든 잘하는 엄마를 닮은 아이가 될 수는 없을 것 같았다. 그렇다면 반대로, 내가 엄마와는 전혀 다른 아이라는 걸 확실히 보여 주는 쪽이 나았다. 어차피 나는 엄마가 낳은 아이도 아니니까, 우리가 닮을 수 없는 건 당연한 일이었다.

나를 대하는 엄마의 태도가 바뀌기 시작한 건 그 무

렵부터였다. 숙제만 끝내면 하고 싶은 일을 하도록 나를 내버려 뒀다. 나는 플라이보드에 열중한 채 초등학교를 졸업했고 이사 이후에는 거기에 플라잉테일이 더해졌다. 그리고 이제는 고등학교 입학을 앞두고 있다.

엄마와 아빠는 매번 같은 말을 했다. '그래, 그럼. 도움이 필요하면, 우리 생각이 필요하면 알려 줘.'

나는 엄마와 아빠가 언제까지 이런 태도를 고수할 수 있을지 늘 궁금했다. 혹시 나를 포기한 건 아닐까 하는 생각이 들 때면 불안감이 스멀거리며 나를 감쌌다.

집 안으로 들어서는 엄마의 뒷모습을 보면서 나는 현관에서 바로 보드용 운동화를 집어 들었다. 꼬리가 없을 때 그라인드 연습이나 확실히 해 둘 심산이었다. 그게 엄마를 좀 더 자극하리라는 계산도 없지 않았다.

"나가려고?"

내가 대답하지 않자 엄마가 이어 말했다.

"저녁은 먹고 나가. 오늘 엄마 마감 기념 특식이야."

"배 안 고파."

"금방 돼. 조금만 기다려."

엄마의 목소리가 조금씩 커지는 것을 느끼며 나는 운

동화 끈을 묶었다. 일어나 돌쇠를 집어들자 엄마가 내 이름을 불렀다.

"장하율."

신호였다.

"지금 뭐 하는 거야. 꼬리 때문에 걱정되는 건 알겠는데, 왜 엄마한테 화를 내고 있지?"

그런 걸 내가 알고 있을 리가 없다. 나는 말없이 문을 열고 나서며 힘주어 문을 뒤로 밀었다. 쾅! 생각보다 큰 소리를 내며 문이 닫혔고, 곧바로 키패드 잠금장치가 잠기는 소리가 이어졌다. 아주 어릴 때부터 엄마와 아빠는 내가 문을 큰 소리로 닫는 것을 싫어했다. 딸깍하고 잠기는 소리가 이어진다면 효과는 직방. 아니나 다를까 굳게 닫힌 현관문 뒤에서 엄마가 소리쳤다.

"장하율!"

아직 우리 층에 머물러 있던 엘리베이터에 재빨리 올라탄 나는, 현관문이 다시 열리는 소리를 들으며 닫힘 버튼을 거듭 눌렀다. 왜 이렇게 화가 나는지 나도 모르겠다. 영문을 알 수 없는 불안함으로 마음이 터져 버릴 것 같았다.

다들 저녁을 먹으러 들어갔는지, 플라이파크는 비교적 한산했다. 저 멀리 메가 점프대에 서 있는 사람은 미류 언니겠지. 양쪽에 날개 모양 장식이 달린 언니의 새빨간 헬멧은 멀리서도 눈에 잘 띄었다.

주변에 아무도 없으니 드롭 인 사인도 필요 없었다. 나는 숨을 들이켠 뒤 계단 시작 지점을 향해 발을 굴렀다. 시작이 좋다. 보드를 위로 띄우는데 발에 딱 붙는 기분이었다. 난간 손잡이 위에 돌쇠가 찰칵 자리 잡는 게 느껴졌다.

됐다! 속으로 쾌재를 불렀다. 돌쇠와 함께 착지를 하는가 싶던 순간, 나는 이내 균형을 잃고 엉덩방아를 찧으며 나뒹굴었다. 그리고 그 뒤로도 계속해서 두 번째, 다섯 번째, 열 번째 착지 실패가 이어졌다. 다 된 기술의 마무리가 왜 이렇게 안 되는 건지 답답함이 치솟았다. 화가 나고 당황스러우니 이제는 난간 위에 보드를 올리는 것조차 어렵게 느껴졌다. 점프 직전에 갑자기 멈춰 버리는 바람에 계단에서 구를 뻔한 순간, 뒤에서 들리는 목소리에 겨우 중심을 잡았다.

"진정해, 진정."

미류 언니였다. 우리는 계단에 나란히 주저앉았다.

"아, 이게 왜 안 되죠?"

"그러게. 거의 다 된 것 같던데. 늘 함께였던 팀이 없어서 그런가."

실은 재희를 부르고 싶었지만 거절당하는 게 두려워서 말하지 못했다. 급식실에서 눈길을 주고받던 재희와 농구바보의 웃는 얼굴이 자꾸만 떠올랐다. 검사실을 나서기 전 마지막으로 보았던 꼬리의 잠든 듯 편안해 보이는 얼굴도. 우리 셋은 다시 예전처럼 호흡을 맞출 수 있을까.

"언니도 아깐 메가 점프대에 있던데. 오늘은 성공?"

언니는 아쉬운 웃음이 섞인 한숨을 쉬고는 고개를 저었다. 엄청난 기세로 메가 점프대를 접수했던 언니는 반 년 전 거기서 크게 다칠 뻔했다. 다행히 타박상과 팔, 다리 골절에 그쳤지만 하마터면 돌이킬 수 없는 부상으로 이어질 수도 있었던 큰 사고였다. 한동안 메가 점프대에는 아무도 접근하지 않았다. 두 달 만에 완쾌되어 복귀한 언니도 마찬가지였다. 이후 언니는 한 번도 메가 점프대에서 드롭 인 하지 못했다.

"몸이 무서워하기 시작하면 무슨 수를 써도 안 돼. 그냥 기다리는 수밖에. 성공했을 때의 기억을, 그때의 신나는 기분을 내 몸이 되찾을 때까지."

그랬나. 하지만 팔이 부러졌을 때에도 내 몸은 무서워하지 않았다. 두 번의 수술을 기다리고, 또 회복되길 기다리면서도 나는 그저 얼른 꼬리와 함께 보드를 타고 싶은 마음에 온몸이 근질거릴 뿐이었다. 꼬리와 함께 달리는 게 좋았고, 그걸 좋아하는 꼬리를 빨리 보고 싶었다.

나와 미류 언니는 그렇게 한참을 말없이 앉아 있다가 짧은 인사를 나누고 각자 집으로 향했다.

현관문을 열자 스파게티 냄새가 집 안에 가득했다. 엄마는 마감을 끝낸 뒤 언제나 시판 토마토소스와 버터에 구운 새우를 듬뿍 넣은 스파게티를 만들어 와인 한 잔을 곁들였다. 원래는 내가 가장 좋아하는 아빠의 특제 메뉴였는데, 아빠가 집을 비우고 나서부터는 만들어 줄 사람이 없으니 엄마가 대신 나섰다.

혼날 각오를 하고 집에 왔건만, 막상 엄마는 보이지 않고 식탁 위에 식어 가는 파스타 한 접시와 피클만 덩

그러니 놓여 있었다. 미안한 마음을 애써 누르며 식탁에 앉았다. 혼자서 불어 버린 스파게티를 먹는데 재희에게 문자 메시지가 왔다.

미안, 학원 보강이 이제야 끝났어.

꼬리는 언제 찾으러 오래?

이번엔 진짜 같이 갈 수 있어.

내가 읽기만 하고 바로 대답하지 않자 재희는 계속해서 메시지를 보내 왔다. 결국 나는 못 견디고 답장을 보냈다. 그것이 그날 우리가 주고받은 마지막 메시지였다.

그래.

"보, 드, 황, 제! 장, 하, 율!"

꼬리의 우렁찬 목소리가 함께하지 않는 아빠의 연호는 초라하기 그지없었다. 나는 통화 화면을 띄운 채 플라잉테일 대시보드를 확인하며 아빠의 말을 기다렸다. 한두 마디 받아 주다가 마인드 백업에 대해 더 알아낸

게 있는지 확인할 작정이었는데, 아빠는 내 얼굴을 가만히 살피기만 했다. 엄마에게 또 무슨 얘기를 들었을 테지. 어차피 나에게 티도 못 낼 게 뻔하지만. 나는 할 말 있으면 해 보라는 듯 아빠와 눈을 맞췄다. 그런데 아빠가 전혀 예상치 못한 질문을 던졌다.

"이사 온 뒤로 서연이랑 연락한 적 있어?"

나는 짐짓 깜짝 놀랐다. westkite를 알아본 걸까. 아빠가 나와 재희 다음으로 플라잉테일을 꼼꼼히 살핀다는 걸 알고 있었다. 댓글을 일일이 확인했고, 업로드된 동영상에 관한 피드백은 물론, 구독자 증가 추세를 분석해서 '먹히는' 콘텐츠를 제안하기도 했다. 채널을 키우는 게 목표였던 초기에는 그런 아빠의 말도 꽤 열심히 들었지만 이젠 아니었다.

"아니."

대수롭지 않은 척 대답했지만, 깨지기 쉬운 유리그릇 다루듯 나를 싸고도는 아빠의 태도가 숨 막혔다. 표정 관리를 포기한 나는 강아지 가면 필터를 내 얼굴에 덧씌웠다.

"꼬리 때문에 걱정이 많지?"

아빠는 자상한 아빠의 포지션을 포기할 생각이 없는 모양이었다.

"엄마도 그렇더라."

"뭔 소리야. 엄만 꼬리 귀찮아하잖아."

"아니야. 꼬리를 처음에 데려온 것도 엄마였는데."

그래서 꼬리의 사용자가 엄마로 등록되어 있었나.

"엄마는 네가 우리랑 다르게 활동적이고 운동도 잘 했으면 좋겠다고 언제나 얘기했거든. 꼬리가 도움이 될 거라고 아빠를 설득했어. 결국 보드까지 같이 타게 됐으니 엄마 말이 맞았지."

정말로 처음 듣는 이야기였다.

너는 가짜야

어제 이츠러브 담당자로부터 마인드 백업을 완료하려면 하루가 더 필요하다는 전화가 왔다. 그제 저녁 재희와 주고받은 서먹한 메시지부터 예정일을 초과한 일정까지, 신경 쓰이는 일투성이였다.

그런데 오늘 학교에서 만난 재희가 아무 일 없다는 듯 이번엔 같이 갈 수 있다고 호언장담했다. 그 말을 들으니 일정이 하루 늦춰진 게 오히려 다행스럽게 느껴졌다. 그렇게 우리 셋은 다시 한 팀이 되었다. 비록 꼬리는 아직 수면 모드였지만.

"현재는 강제 수면 상태예요. 이번에 운영체계를 업그레이드하면서 새로 추가된 모드예요. 전원이 들어와 있지만 의식은 없는 상태죠. 실제 동물이 잠을 자는 것처럼 숨소리가 들리고, 반려인과 상호작용도 가능해요. 외부 자극도 어느 정도 감지할 수 있어요. 배터리 소모가 갈수록 빨라질 텐데 잔량이 얼마 남지 않았을 땐 충전기에 올려 두면 충전 및 수면 모드가 자동으로 시작돼요. 낮잠 자는 것처럼 기운을 보충해 주는 거죠. 거기서 완전히 구동시키려면 좀 세게 쓰다듬어 자극해 주시면 돼요. 사람을 잠에서 깨울 때처럼. 지금 깨워서 이상 여부를 판단해 보고 싶겠지만, 이렇게 연식이 오래된 반려로봇이라면 익숙한 공간에서 정신을 차리는 게 나을 거예요."

담당자는 꼬리를 전달받자마자 전원 버튼을 누르려던 나를 가로막고서 설명을 늘어놓았다. 죽은 듯 처진 꼬리를 안아서 이동장에 넣는데 손이 떨렸다. 꼬리의 꼬리가 내 손바닥을 간질이지 않으면 진정되지 않을 것 같았다. 그런 나에게 담당자가 자신의 명함을 쥐어 줬다.

"그럴 리 없지만 그래도 뭔가 이상이 있는 것 같으면 바로 연락해요."

안 그래도 되는데 자기가 꼭 이동장을 들겠다고 나선 재희의 어깨에 이동장을 직접 걸어 주고는 담당자가 이동장 안을 들여다보며 말했다.

"꼬리, 잘 가! 오래오래 건강하자."

이츠러브를 나서자마자 재희가 한숨을 내쉬며 말했다.

"아, 꼬리랑 인사하고 싶었는데……."

이동장 안을 자꾸만 들여다보는 재희에게 내가 말했다. 대수롭지 않다는 듯, 아무런 기대나 의심 같은 감정이 느껴지지 않도록 조심하면서.

"잠깐이라도 들렀다 가지 그래."

"안 돼. 지금 이것도 겨우 짬 낸 거야. 영어 학원 보강이 얼마나 빡센지 몰라. 거기서 벗어나고 싶어서라도 하루 빨리 이 꼴찌 반을 탈출해야 할 텐데. 꼬리도 돌아왔는데 그래야 빨리 촬영 시작하지."

나는 치를 떠는 재희의 불평을 들으며 조심스레 살폈다. 어디까지가 진심이고 어디부터가 밑밥인지를. 재희가 다니는 영어 학원이 동네에서도 알아주는 빡빡한 스케줄로 유명한 건 사실이었다.

갑자기 짜증이 치밀었다. 꼬리의 마인드 백업이 무사히 잘 이뤄졌는지도 모르는 상황에, 단짝 친구를 의심하고 있는 스스로가 한심했다.

우리는 나란히 앉아서 버스를 기다리는 내내 침묵을 지켰다. 앞으로 촬영 일정이나 다음 에피소드 기획 등 의논할 것이 태산인데 어째선지 아무 말도 꺼낼 수 없었다. 재희는 나에게 뭔가를 감추기 위해 거짓말을 하고 있는 게 분명했다. 재희 역시 내가 자기를 의심하고 있다는 걸 짐작하고 있는 것 같았다. 나 혼자 지레 찔리는 것일 수도 있지만, 적어도 내 심기가 불편하다는 것을 신경 쓰고 있다는 건 분명해 보였다.

그러니까 나는 물어야 했다. 이 어색한 시간을 끝내려면, 더 이상 친구를 의심하지 않으려면. 용기를 얻기 위해 나는 우리 사이에 놓인 이동장을 열었다. 그리고 꼬리의 등에 가만히 손을 얹었다. 꼬리의 따뜻한 몸이 조용히 들썩이고 있었다. 내 손이 느껴지니, 꼬리? 나는 숨을 들이켠 뒤 말을 내뱉었다.

"너, 요즘 이 언니한테 뭐 감추는 거 있지."

나를 따라 자기 손도 쭈뼛쭈뼛 이동장에 집어넣던 재희가 움찔하는 게 느껴졌다.

"뭐래."

겨우 두 음절에 불과한 대답을 하는데 첫 음절은 목

소리가 갈라졌고, 길게 늘인 두 번째 음절은 억양이 영어색했다. 다 알아들었으면서. 울컥한 내가 입을 꾹 다문 채 큰 숨을 내쉬려는데 무언가 생각났다는 듯 재희가 이어 말했다.

"아, 근데 그 구독자 혹시 너 아는 사람이야? 웨스트……."

"카이트."

이런, 너무 빨리 대답해 버렸다. 이러면 서연이를, 아니 그 구독자를 신경 쓰고 있다는 걸 감출 수가 없는데. 아니나 다를까 재희가 나를 가만히 바라봤다. 오늘 한 번도 마주친 적 없는 우리의 시선이 서로의 눈을 향했다.

"모, 모르는데."

할 수 없다는 심정으로 그냥 일단 잡아떼 보았다. 재희는 한참을 나를 살피는 것 같더니 고개를 돌리며 꼬리를 만지기 시작했다.

"그래? 오랫동안 눈팅만 하다가 구독 시작한 것 같더라. 예전부터 봤던 사람처럼 댓글을 달았더라고. 꼭 아는 사람처럼. 집에 가서 한번 보고 잘 생각해 봐."

고개를 살짝 돌린 채 말하는 재희의 표정을 볼 수 없

었다. 나는 재희가 내 말을 믿고 있는 건지 아닌지 확신할 수 없었다. 불안했다. 그게 누구냐고, 아는 사람이란 거 다 안다면서 꼬치꼬치 캐물어 주길 나는 내심 바랐을지도 모른다. 나도 묻지 않을 테니 너도 묻지 말아 달라는 듯한 재희의 반응에 나는 실망하고 있는 걸까.

우리는 아파트 입구에서 헤어졌다. 꼬리가 담긴 이동장이 평소보다 묵직했다. 꼬리는 그 안에서 미동도 기척도 없었다. 문득 불안해서 들여다보면 그저 잠든 듯 편안해 보일 뿐이었다.

집에 도착해 거실 탁자 위에 이동장을 올려놓자 엄마가 주방에서 나와서 꼬리를 꺼내는 걸 도왔다.

"뭐야, 왜 안 움직여."

"아, 수면 모드가 새로 생겼대."

"와우, 제법이네."

엄마가 과장스럽게 감탄하고는 물었다.

"그럼 어떻게 깨워?"

"그냥 사람을 잠에서 깨울 때랑 같다던데. 자극을 감지할 수 있대."

그렇게 말하며 나는 아까보다 조금 더 세게 힘을 주

어 꼬리의 머리부터 쓰다듬기 시작했다. 엄마도 나를 따라 했다. 아무런 변화도 없었다. 잠시 서로를 바라보던 우리의 손이 슬슬 꼬리의 배 쪽으로 향했다. 전원 버튼인 배꼽에는 초록색 불빛이 깜빡이고 있었다. 깜빡임이 멈춰야 완전히 의식이 돌아온 상태인데. 얼마나 시간이 흘렀을까. 드디어 꼬리의 까만 눈동자가 보였다.

"꼬리야!"

엄마가 갑자기 그렇게 큰 소리로 꼬리를 부를 거라곤 예상하지 못했다. 나는 놀랄 새도 없이 꼬리를 살폈다. 꼬리는 눈을 뜨자마자 내 손 안에 머리를 밀어 넣고 쓰다듬어 달라며 보챘다.

"꼬리."

이름을 가만히 불러 봤다. 어색함이 가시지 않은 나와 달리, 엄마는 이미 꼬리의 머리와 목덜미, 귀밑과 배 등을 마구잡이로 쓰다듬고 있었다. 그 손길에 몸을 맡긴 채 시선을 나에게 고정한 꼬리가 고개를 오른쪽으로 약간 갸웃한 것 같았다.

"꼬리 맞구나."

나는 참았던 숨을 내뱉었다. 엄마가 작게 한숨을 내

쉬고는 다시 주방으로 들어가며 말했다.

"오늘은 꼬리가 다시 태어난 날이니까 미역국을 먹자."

하지만 나는 지금 당장 꼬리와 함께 보드를 타야 했다. 꼭 확인해 보고 싶은 게 있었다. 보드용 운동화를 집어 들며 외쳤다.

"우리 잠깐만 나갔다 올게."

"그럼 진짜 30분만……."

그렇게 말하며 부엌에서 나오던 엄마가 말을 멈췄다. 뒤를 돌아보자 엄마가 꼬리를 바라보고 있었다. 보드용 운동화를 든 나를 보고도 얌전히 앉아 있는 꼬리를. 습관처럼 급하게 가슴줄을 찾던 내 손이 허공에서 멈췄다.

뭔가가 평소와 분명히 달랐는데 처음엔 그게 뭔지 알 수 없었다. 그리고 깨달았다. 꼬리가 가만히 있다는 걸. 꼬리의 꼬리가 그저 예의를 차리듯 살랑거리고 있을 뿐이라는 걸. 나는 다시 꼬리와 눈을 맞췄다. 눈빛으로 넌지시 암시를 주면 다시 꼬리가 돌아오기라도 한다는 듯이. 그러나 돌아온 것은 낯선 반려로봇의 텅 빈 눈빛뿐이었다.

모든 게 엉망이었다. 백업 좋아하시네. 아무 문제 없

을 거라던 담당자도, 아무것도 모르면서 괜찮을 거라고 말한 아빠도, 애초에 그런 제안을 한 이즈러브도, 플라잉테일을 시작한 뒤 신이 나서 이래라저래라 말이 많았던 재희도 모두 원망스러웠다.

"담당자한테 연락해 보자. 에이에스든 뭐든 대처 방안이 있을 거야."

이상한 일이지만 그중에서도 가장 미운 건, 문제가 뭔지 짐작도 할 수 없는 이 상황을 문제 상황이라고 결론 내리고 내 기분 따위 뒷전인 엄마였다.

꼬리는 내가 두렵고 무서울 때마다 일단 내 옆에서 나를 안심시켰다. 새로운 기술을 아무래도 성공시킬 수 없어 계속 넘어지기만 했을 때, 용기를 내어 전한 나의 가장 소중한 비밀이 지켜지지 않았다는 걸 알게 됐을 때, 내가 아닌 더 멋지고 똑똑한 누군가가 지금 이 자리에 있는 것이 더 나았을 거라는 생각이 들었을 때마다 꼬리는 그저 온 마음을 담아 제 꼬리를 흔들어 주었다. 나를 위로하기 위해서. 지금 이 문제를 당장 해결하지 않아도 괜찮다고 말해 주기 위해서. 그 마음이 힘차게 흔드는 꼬리에서 고스란히 전해졌다. 지금의 내가 문제고, 그런 나를 바로잡아야 한다는 말 따위 하지 않았다.

"뭐가 문제인지 알아내는 게 급선무야. 그래야 수습을 하지."

엄마가 또 한번 재촉하자 나는 더 이상 참을 수 없었다. 벌떡 일어나 운동화를 대강 구겨 신은 채 돌쇠를 들고 현관문을 열었다. 뒤에서 꼬리가, 아니 더 이상 꼬리가 아니게 된 모르는 반려로봇이 짖는 소리가 들렸다. 나는 뒤돌아보지 않았다. 한 가지 생각만이 가득해 머릿속이 터져 버릴 것 같았다. 넌 가짜야.

건물을 나서자마자 돌쇠를 땅에 내려놓고 발을 굴렀다. 금세 아파트를 빠져나와 주택가를 내달렸다. 어딘가 어색했다. 처음엔 헬멧도 보호대도 없이 보드를 타는 게 처음이라 그런 줄 알았다. 그러다 깨달았다. 꼬리 없이 돌쇠와 둘이서만 이 동네를 달려 본 적이 없었다. 아니, 꼬리 없이 보드를 탄 적이 아예 없었다.

돌쇠와 어깨를 나란히 하거나 한 발짝 앞서 내달리던 꼬리가 문득 나를 올려다보며 의기양양하게 짖을 때면 비로소 내가 주인공이 된 것 같은 기분이었다. 재희가 촬영하고 편집한 동영상 속에서 산발이 된 긴 머리와 북슬북슬한 털을 바람에 흩날리며 하늘을 가르는 우리 둘은 주인공으로 손색이 없었다. 그런데 이제는 꼬리가 없다. 그제야 난 내가 낯선 꼬리를 마주할 자신이 없어서 꼬리를 두고 도망쳤다는 것을 실감할 수 있었다.

아까 그 반려로봇은 꼬리가 아니었다.

"우리 하율이는 이런 애가 아니잖아."

나에게 엄마가 그렇게 말한 적이 있었다. 그때 생각했다. 내가 어떤 애인지 엄마가 어떻게 알아. 내가 그런 애가 아니라면 이제 어떡할 건데. 아니, 생각만 했던 게 아니라 입 밖으로 내어 말하기도 했던가. 기억이 나지 않았다. 나는 그저 무서웠다. 진짜가 아닌 가짜라는 말을 듣게 될까 봐. 내가 누군가, 혹은 무언가의 백업이라는 걸 확인하고 싶지 않았다.

결국 나는 꼬리와 함께 그 터널을 빠져나왔고, 더 이상 무서울 게 없었다. 그렇게 생각했다. 그런데 이제는 다른 게 무서웠다. 그분들이 나를 못 알아보는 것, 혹은 내가 그분들을 알아보지 못하는 것, 아니 그보다도 그들이 나를 보고 싶어 하지 않는다는 걸 알게 되는 것.

이런 마음은 아직 꼬리에게도 말하지 못했는데. 내가 알던 꼬리가 사라진다면 나는 이제 이런 두려움을 누구에게 털어놓을 수 있을까.

나는 앞만 보고 달렸다. 그러다 자꾸만 앞이 흐려져서 눈을 비비다가 얼굴이 온통 눈물범벅이라는 걸 깨달았다. 꼬리가 그렇게 되어 버린 게 미안하고 또 꼬리가 보고 싶었다. 우리가 함께했던 시간, 우리가 마주했던 눈빛이 어디에 저장되어 있는지, 어떻게 하면 그것들을 되찾을 수 있을지 알아야 했다.

가장 큰 비밀

열세 번째 생일 날, 중학교에 입학한 지 얼마 되지 않았기 때문에 생일 파티에 초대할 학교 친구들이 없었다. 엄마 아빠는 제일 친한 친구 한 명을 가족과 함께하는 생일 파티에 부르자고 했고, 내 선택은 당연히 서연이었다.

"하율이를 낳아 주셔서 감사합니다!"

나와는 다르게 어른들과도 조숙하게 대화할 줄 아는 서연이가 그날 한껏 분위기를 잡으며 그런 인사를 대뜸 건네지 않았다면, 그 말을 들은 엄마와 아빠의 얼굴에 스치는 어색함을 내가 보지 못했다면, 식사 후 우리 둘이 함께 카페에 가서 기분을 내라며 아빠가 카드를 쥐어 주지 않았다면, 나는 그런 결심을 하지 않았을 것이다. 그러니까, "사실 나 우리 엄마 배에서 태어나지 않았어"라고 말할 용기를 내지 않았을 것이다.

초등학교 6년 내내 단짝이었던 우리가 기막힌 우연으로 중학교에서까지 한 반이 되었는데 이 정도의 인연이라면 뭐든 비밀이 없어야 한다고 생각한 것이 문제였을까. 어쩌면 다른 비밀을 말하는 게 나았을지도. 생일 일주일 전 시작한 첫 생리 얘기를 할 수도 있었는데.

나는 큰 용기를 내서 가장 큰 비밀을 고백했고, 서연이는 제대로 알아듣지 못한 것 같았다. 나는 친절하게 덧붙였다.

"나 입양아라고."

한참 동안 말문이 막힌 듯했던 서연이가 한 첫 번째 말은 오래도록 가슴 속을 맴돌았다.

"어떡해……."

그 순간 나는 엄마가 쓴 비극적인 이야기의 주인공, 아니 마음씨 고운 주인공이 불쌍하게 여기는 딱한 처지의 친구라도 된 것 같았다. 서연이의 눈이 급기야 촉촉해지기까지 했다. 예상치 못한 반응이었고, 나는 어찌할 바를 알 수 없었다. 그리고 상황은 점점 악화되었다.

"'진짜' 엄마는 누군지 알아?"

한 번도 생각해 본 적 없는 질문이었다. '진짜 엄마'라는 표현 자체를 떠올려 본 적이 없었다. 엄마를 아주 많이 속상하게 만들고 싶을 때조차 '나쁜 엄마'라고 부르거나 그러게 착한 딸을 데려오지 그랬냐고 내질렀던 게 다였다. 그래서 의미를 파악하기까지 몇 초의 시간이 필요했다. '나를 낳아 준 사람'을 어려운 말로 '생모'라고 지칭한다는 것 정도는 알고 있었지만, '진짜 엄마'라니. 나에게 엄마는 한 명뿐이고, 그 엄마는 가짜가 아니었다. 무엇보다, 나는 나를 낳아 준 분들에 대해 아는 게 없었다. 알아야 한다고 생각한 적도 없었다.

그때부터였다. 나를 낳은 분들이 궁금해진 것은. 그 분들은 왜 나를 낳기만 하고 키울 수 없었던 것인지, 그 뒤로 그분들은 다른 아이를 낳아 키운 적이 없는지.

꼬리의 꼬리가 필요한 순간이 부쩍 늘어났다.

"어떤 사람들이야?"

다음 날, 엄마가 마감 준비로 바쁜 틈을 타 아빠에게 불쑥 물었다.

"누가?"

"나를 낳아 주신 분들."

아빠는 갑자기 내 옆에 있던 꼬리를 가까이 끌어당기더니 쓰다듬기 시작했다. 꼬리는 영문도 모른 채 나를 바라봤고 나는 어쩐지 가슴속이 다시 간질거렸다. 지나치게 오랜 시간이 흘렀다고 생각할 때쯤 아빠가 말했다.

“우린 모르지. 하지만, 하율이가 만나고 싶다고 하면 열아홉 살이 된 뒤엔 시도해 볼 수 있다고 하더라. 그분들에게 네가 만나고 싶어 한다고 전해 줄 수 있대.”

아빠가 꼬리의 온몸을 어찌나 마구잡이로 쓰다듬는지 아빠의 온몸이 들썩였고, 그 바람에 목소리까지 떨렸다. 결국 꼬리는 참지 못하고 아빠의 손아귀에서 빠져나와 내 뒤로 숨어 버렸다. 그리고 등 뒤에 있던 내 손안에 제 꼬리를 넣고 흔들었다.

“벌써 시간이 이렇게 됐네? 오늘 엄마 마감하는 날인데, 아빠가 파스타를 대령해야지.”

형편없는 연기력의 대역 배우 같은 말투로 말하며 아빠가 몸을 일으키더니 부엌으로 향했다. 그분들을 직접 만날 수도 있다는 걸 그때 처음 알았다. 한 번도 생각해 본 적 없는 일이었다. 결국 나는 진짜로 궁금했던 걸 물을 기회를 놓쳤다.

그때는 내심 다행이라고 생각했지만 이제는 잘 모르겠다. 그때 물었으면 좋았을걸. 내가 아니라 다른 아이가 있었다면 그 아이의 엄마 아빠가 되어도 상관없었던 것인지, 나는 '하율'이 아닌 다른 누군가가 되었을 수도 있었던 것인지, 혹은 '진짜 하율'은 어딘가에 따로 있고 난 단지 그 백업인 것은 아닌지. 마치 꼬리가 우리를 만나지 않았다면 꼬리가 아닌 다른 이름과 성격을 가진 반려로봇으로 자라고 또 늙어 갈 수도 있었던 것처럼.

그 무렵 서연이와 나의 일상은 겉보기로는, 적어도 학교에서는 평소와 별로 다르지 않았다. 급식을 같이 먹었고, 하굣길도 함께였다. 뭔가가 달라진 것은 분명했지만 우리 둘 다 애써 모르는 척했다. 오히려 서연이의 말수가 적어지고 늘 생각에 잠긴 듯 우울해 보였기 때문에 정작 내가 더 조심스러웠다.

오로지 서연이와 함께 시간을 보내기 위해 다니던 영어 학원과 수학 학원을 그만두긴 했다. 그냥 이제 하기 싫다고 선언하자 아빠는 별말 없이 그러라고 했다. 대신 나는 꼬리와 함께 보드 연습에 더욱 열중했다. 마침 내가 쓸 차례여서 나에게 있었던 교환 일기장은 다시 내 훈련 일지라는 본연의 용도를 되찾았다.

학교 친구들은 물론 동네 사람들의 말 한마디 한마디에도 신경이 곤두섰다. 엄마가 다섯 번째 책을 출간하고, 아빠가 로봇 센서의 핵심 기술을 개발해서 두 사람의 짤막한 기사가 차례로 신문에 실렸을 때, 동네 아줌마들이 "하율이네 정말 대단하죠?"라고 말하는 소리가 들리면 우리가 입양 가족이라는 걸 알고 하는 말은 아닐까 신경이 쓰였다. 그동안은 별말이 없던 슈퍼 아저씨가 하필이면 말괄량이 입양아가 주인공인 엄마의 동화를 콕 집어서 "어머니께서 우리 하율이 어렸을 때랑 꼭 닮은 아이를 주인공으로 쓰신 것 같더라?" 하고 물었을 때는 짜증까지 났다.

그렇게 쌓여 가던 불안과 염려가 흘러넘친 것은 사회 시간이었다. 가족의 여러 형태에 대해서 배우는 날이었다. 언제나 집중해서 들었던 주제였기에 내겐 이제 지겹고 뻔한 내용이었다. 초등학교 때까진 '입양 가족'이란 단어만 나와도 괜스레 가슴이 두근거리곤 했지만 이젠 오늘 급식 메뉴가 무엇인지 따위를 떠올릴 정도로 심드렁했다.

한창 수업이 진행 중일 때, 수업 시작부터 안색이 좋지 않았던 서연이가 갑자기 책상에 엎드렸다. 처음에는 못 본 척 수업을 계속하려던 선생님이 결국 곁으로 다가갔다.

"서연이 어디 아프니? 선생님 좀 봐 봐. 보건실 갈래?"

아이들의 웅성거림이 점점 커져 가자 서연이가 겨우 고개를 들었다. 얼굴 군데군데 눈물 자국이 묻어 있었다. 우는 걸 들키지 않으려고 엎드려 버린 모양이었다. 하지만 왜?

"괜찮아요……."

"정말? 뭐 불편한 거 아니고?"

서연이가 불편해하는 건 선생님의 질문과 아이들의 관심이 계속해서 자신에게 집중되는 상황이었다. 어떻게 도와줄 수 있을까 고민하던 나는, 서연이의 다음 말에 뒤통수를 얻어맞은 것 같은 기분이 되었다.

"슬퍼서 그랬어요……. 친한 친구가 입양안데…… 진짜 엄마 얼굴도 평생 모르고 살 생각하니까……."

서연이는 그 말을 하면서 내 쪽을 힐끔거렸고, 서연이의 제일 친한 친구가 나라는 것은 모두가 다 알고 있었다. 엎친 데 덮친 격으로 선생님은 아무 말도 못 하고 서연이를 달래기만 했다.

비밀을 지키지 않은 서연이에게 화가 난 건지, 그런 애를 믿고 비밀을 공유해야겠다고 마음먹은 나에게 화가 난 건지, 거지 같은 상황에 바보같이 대처한 선생님에게 화가 난 건지 알 수 없었다. 이 감정이 화인지, 슬픔인지도 헷갈렸다. 두 가지만이 확실했다. 더 이상 그 학교를 다니고 싶지도, 그 동네에 살고 싶지도 않았다.

마침 골절된 팔에 박아 넣었던 금속판 제거 수술 때문에 나는 다음날부터 일주일 동안 결석을 했다. 억지로 복귀한 교실에는 같은 반 남자애의 생일 파티 초대장이 돌고 있었다. 엄마가 이벤트 기획자라 대단한 생일 파티가 될 거라는 소문이 파다했는데 하필 장소가 유명한 익스트림 스포츠 파크라는 말에 나 역시 귀가 솔깃했다. 그 애와 그렇게 친한 편은 아니었지만 내가 플라이보드를 즐긴다는 건 나름 알려져 있었으니까. 하지만 나는 결국 초대장을 받지 못했다. 서연이는 초대장을 받은 열 명 중 한 명이었고.

다음 날 엄마와 아빠는 담임 선생님과 긴급 상담을

진행했고, 이후 모든 상황은 일사천리였다. 1학기가 끝나고 여름방학이 일주일 지났을 때, 우리 네 식구는 새 집과 새 동네를 보고 왔다.

그로부터 한 달 뒤 유행성 감염병이 기승을 부리기 시작했고, 아빠는 싱가포르로 급하게 떠났다. 아니나 다를까 최고 방역 단계가 실시됐고, 엄마와 나는 집에 처박혀 이삿짐을 쌌다. 사회 시간의 일 이후 완전히 서먹해진 서연이와 마주칠 일이 없다는 것은 좋았다.

이사 이후 우리는 한 번도 문자나 이메일, 전화를 주고받지 않았다. 나는 플라이파크와 사랑에 빠졌고, 그곳에서 혼자 연습에 여념이 없던 재희를 만났다. 열두 살 생일 이후 나는 아무에게도 우리가 입양 가족이라는 사실을 말하지 않았다.

솔직히 말해 봐

플라잉테일 팀이 마지막으로 함께했던 계단 꼭대기에서는 공원이 한눈에 보였다. 내려앉은 땅거미 위로 가로등이 환했다. 공원이 한가해질 평일 저녁 시간임에도 평소보다 북적였다. 아마도 한 달 전부터 심상찮았던 5호 신종 감염병으로 인해 방역 단계가 일시적으로 상향 조정될 거라는 전망 때문일 것이다. 본격적인 사회적 거리두기가 시작되면 야외 활동이 제한되고 경우에 따라 재택과 온라인 수업 명령이 내려질 가능성도 있었다. 그러니까 이건 예정된 감금 생활을 앞둔 비장한 북적거림에 가까웠다.

넓적한 반구형 구소물인 하프파이프의 양쪽을 슬렁슬렁 오가던 미류 언니가 나를 향해 손을 흔들었다. 마침 보울로 뛰어든 준이는 며칠 전에 비하면 여유만만이었다.

플라이파크의 보울은 꽤 깊은 편이어서 처음으로 드롭 인을 시도하는 보더들이 느끼는 중압감은 상당했다. 나 역시 극복하는 데 꼬박 이틀이 필요했다. 그때 미류 언니는 말했다. 온몸의 무게 중심을 완전히 앞으로 보내야 하는데 앞으로 고꾸라지는 것이 무서워서 몸을 뒤로 빼면 반드시 실패할 수밖에 없다고. 과연, 앞으로 쏟아질 것 같은 건 그저 불안한 마음에 불과하다는 걸 몸이 한번 납득하니 나머지는 쉬웠다.

그 밖에도 각종 구조물에서 플라이보드뿐 아니라 플라이바이크, 플라이인라인 등에 열중한 이들과 눈인사를 주고받았다. 대부분 플라잉테일의 열혈 구독자들이었다. 꼬리가 없었다면 인사를 나눌 수 없었을 사람들.

틱택을 겨우 익힌 재희에게 꼬리가 먼저 달려가 나란히 달린 덕분에 우린 자연스럽게 대화를 나눌 수 있었다. 준이는 꼬리를 보자마자 냅다 달려와서 나에게 이름을 묻고 꼬리를 만져도 되냐고 물었다. 심각한 표정을 짓던 어른들도 돌쇠와 스텝이 엉키지 않고 웃으며 내달리는 꼬리를 보며 절로 미소를 지었다. 그럴 때마다 낯설기만 했던 이 동네와 세상을 향한 두려움이 미묘하게 바뀌며 조금씩 작아졌다. 엄마와 아빠, 그리고 그분들을 생각할 때마다 나를 감싸는 정체 모를 불안 역시 서서히 사그라들었다. 힘차게 제 꼬리를 흔들면서 내 옆을 떠나지 않는 꼬리 덕분에.

그랬던 꼬리가 더 이상 플라이보드에 예전처럼 반응하지 않게 된다면, 나는 정말 꼬리를 예전처럼 대할 수 있을까. 플라이보드를 향한 꼬리의 애정이 그저 나의 바람일 뿐이라면, 내가 원하는 대로 꼬리를 정의하려 했던 거라면, 나는 내가 그렇게 원망했던 엄마 아빠의 모습과 결국 다를 바가 없지 않을까.

그렇게 한참을 계단참에 앉아 사람들을 구경하다 집으로 돌아오자 불 꺼진 실내에 희미한 미역국 냄새가 남아 있었다. 돌쇠를 세워 놓고 운동화를 벗는데 엄마가 방에서 나왔다.

"배고프면 미역국 덜어 먹어."

배는 고프지 않았다.

"엄마가 담당자한테 연락해 봤어. 워낙 대용량 마인드를 백업한 거라서 클라우드와 동기화하는 데 시간이

걸릴 수 있다더라. 일단 구동을 시켰다면 며칠 동안은 평소처럼 대하면서 지내 보래. 그러다 보면 예전의 일상과 관계를 서서히 기억해 낼 거라고."

천천히 주위를 둘러보는 나에게 엄마가 주어를 생략한 채 말했다.

"충전기 위에 있어. 피곤한지 금세 수면 모드가 되더라고. 그래도 불안하니까 내일이라도 데려가서 정밀 검사를 해 보기로 했어."

평소라면 잠든 꼬리를 쓰다듬으면서 잘 자라고 인사를 했겠지만, 지금은 아니었다. 꼬리의 몸이 여기 있는데, 마음의 행방을 확신할 수 없어 그저 두려웠다. 꼬리를 옆에 둔 채 침대에 누웠지만 당연히 잠은 오지 않았다. 한 시간쯤 흘렀을까. 벌떡 일어나 컴퓨터를 켰다. 플라잉테일 대시보드를 화면에 띄운 나는 westkite가 남긴 댓글을 모아 놓고 노려봤다.

작성자가 아닌 다른 계정이 댓글을 삭제하는 것은 원칙적으로 불가능하다. 하지만 관리자가 대시보드를 통해 임의로 가릴 수는 있었다. 그럴 때는 '채널 운영 방침에 위배되어 관리자가 임의로 삭제한 댓글입니다' 라는 메시지가 남는다.

사방이 고요했다. 꼬리가 누워 있는 충전기는 멀리 있었고, 그래서인지 꼬리에게서는 아무런 소리도 들리지 않았다. 뭔가가 목구멍으로 올라오려는 듯한 기분을 억누르면서 나는 댓글들을 지우기 시작했다. 나는 누군가, 아니 무언가에게 화를 내고 있었다. 이게 다 진짜 꼬리의 마음이 사라진 탓이라고 둘러대면서.

다음 날, 방역 단계가 최상으로 조정됐다. 플라이파크가 문을 닫은 것은 물론, 수업은 모두 온라인으로 전환됐다.

최고 방역 단계일 때는 시간이 더 빨리 갔다. 얼핏 생각하면 등하교 시간도 절약되고, 보드를 타러 나갈 수도 없으니 남는 게 시간일 것 같은데 이상한 일이었다. 온라인 수업은 꽉 채워서 진행되는데 웹 서핑을 조금만 하다 보면 쉬는 시간이고 점심시간이고 순식간에 사라졌다. 몸을 움직이지 않아서인지 마음은 더욱 소란스럽고 속은 한층 더 부대꼈다.

충전기 위에서 잠든 꼬리는 내가 건드리지 않으면 깨어나지 않았다. 엄마는 빨리 꼬리를 깨워서 평소처럼 정신적이며 신체적인 교감을 주고받아야 한다고 아침저녁으로 성화였다. 내 생각은 달랐다. 어차피 돌쇠도 없는 일상에 익숙해지는 게 별 도움이 될까 싶었다. 돌쇠를 빼 놓은 생활에 적응하게 하고 싶지 않았다.

하지만 사실 두려움이 앞섰다. 꼬리와 함께 돌쇠를 타는 시간을 미룰 수 있도록 최고 방역 단계가 계속되면 좋겠다는 마음을 아무에게도 들키고 싶지 않았다. 꼬리를 직접 담당자에게 데려갈 수는 없어도 개인적으로 연락해서 원격으로라도 상담을 하거나 검진을 진행할 수도 있었다. 하지만 바쁜 일상을 핑계로 뒤로 미뤘다. 방 안의 꼬리에게 신경이 쓰여 결국 충전기마저 침대 뒤편 잘 보이지 않는 곳으로 치워 버렸다.

플라잉테일의 업로드 일정 역시 차질이 있었지만 모두가 주춤주춤 버벅대는 것이 당연한 시기였으므로 큰 문제는 아니었다. 그사이 재희와 나는 집에서도 할 수 있는 보드 기본기 홈 트레이닝 과정을 틈틈이 촬영해 편집한 뒤 업로드했다. 보드 기술 훈련 과정을 말로 설명하거나 질문을 주고받는 라이브 방송도 진행했는데 꼬리의 근황을 궁금해하는 구독자가 있어 잠든 모습을 보여 주기 위해 충전기를 다시 끄집어내기도 했다.

그날 라이브 방송을 끝낸 뒤 재희와 나는 플라잉테일 긴급 운영 회의를 열었다.

"꼬리 좀 보여 줘 봐. 우리 회의하는데 꼬리가 빠지면 쓰나."

짐짓 장난스러운 말투에 뼈가 있었다.

"지금 상황에 꼬리가 할 수 있는 일이 뭐 있겠어. 나중에."

다시 저만큼 밀어 놓았던 꼬리의 충전기 쪽을 보는 척하며 둘러대는데, 나를 가만히 바라보는 재희의 시선이 따가웠다.

"……너."

잠자코 있던 재희가 입을 열었다. 피할 수 없게 된 내가 화면을 바라봤다.

"솔직히 말해 봐. 꼬리 지금 어떤 상태야?"

다그치는 듯한 재희의 말투가 마음속 깊숙한 곳의 버튼을 누른 것 같았다.

"너야말로 똑바로 말해, 주재희."

"내가, 뭘?"

기획 회의는 물 건너갔군. 그렇게 생각하자 말이 술술 흘러나왔다.

"농구바보 때문이었지?"

"뭐가, 왜?"

"꼬리 마인드 백업하러 갔던 날 같이 못 간 거. 꼬리 찾으러 갔던 날 우리 집에서 같이 못 깨운 거. 그거 다 영어 학원 때문 아니잖아."

순간 나는 인터넷 연결이 끊긴 줄 알았다. 재희가 정면을 응시하며 입을 꾹 다물고 꼼짝도 하지 않은 채로 몇 초가 흘렀다. 한참 뒤 입을 연 재희의 목소리는 무섭도록 차분했다.

"너 요즘 대체 왜 그러는 거야?"

질문을 이해할 수 없었다. 요즘의 내가 뭘 어쨌다는 건데. 믿었던 베프가 연애를 시작했는데 말도 안 해 주고 거짓말을 밥 먹듯 하기에 발끈한 거? 용기를 끌어모아서 가장 큰 비밀을 알려 줬는데, 그걸 모두에게 떠벌렸던 예전 베프가 다시 나타나서 남긴 댓글을 지워 버린 거? 아니면, 평생을 함께한 동생을 더 오래 곁에 두고 싶어서 내린 결정 때문에 동생을 영영 못 보게 될지도 모르게 된 현실에서 그저 도망칠 궁리만 하는 거? 그도 아니라면, 나를 세상에 태어나게 한 사람들을 만날 수 있는 때가 가까워지고 있는데 과연 내가 그럴 수 있을지, 그분들이 나를 만나고 싶지 않다고 할까 봐 무서운 거?

"나한테 말도 안 하고 구독자 댓글 멋대로 삭제하고, 너 그런 적 없었잖아."

역시 플라잉테일 이야기였구나.

"지금 그래서 그 삭제 기록 밑에 사람들이 온갖 댓글 달고 있는 거 알아?"

나도 안다. 처음 두 개가 달린 뒤로는 무서워서 확인하지 못했지만.

"삭제 기준이 뭐냐고, 삭제된 글이 어떤 내용이었냐고 궁금해하고 있어. 난 네가 먼저 얘기해 줄 거라고 생각해서 기다렸어. 아무 이유 없이 그랬을 리 없을 테니까, 분명 그럴 만했을 테니까. 이야기하고 이제 어떻게 할지 같이 의논해야겠지, 그럼 어떤 기준이 필요할까, 그걸 궁리하고 있었다고."

그건 몰랐다. 플라잉테일 대시보드에 하루에도 열 번 넘게 들어가고 있었지만 혹시나 자신의 댓글이 삭제된 것을 발견한 서연이가 항의하는 쪽지를 보내기라도 할까 봐 무서워서 그랬을 뿐이었다. 내가 재희에게 말하지 않은 것은 그것만이 아니었다.

그렇게 댓글을 삭제한 다음 날 오후, 플라잉테일 관리자 앞으로 westkite의 쪽지가 도착했다.

W 세명초 장하율 맞지? 나야, 박서연.

나는 그 쪽지를 지우고 휴지통까지 비운 뒤, 내 개인 계정으로 다시 로그인해 westkite의 개인 채널을 찾아가 쪽지를 썼다.

한일 아파트 3동 박서연?

기억하지 못하면, 혹은 기억나지 않는다는 듯 둘러대면 지는 기분이었다. 그 기억에 지고 싶지 않았다. 댓글을 지울 때와 마찬가지로 충동적인 행동이었다. 쪽지를 작성한 뒤 전송 버튼을 누를 때의 두근거림이 아직도 생생했다.

Ⓦ 역시, 너였구나.

나는 지극히 예사로운 서연이의 답장에 어리둥절해졌다. 정신을 차렸을 땐 최고 방역 단계가 끝나는 대로 만나자는 약속까지 잡은 후였다. 나는 최고 방역 단계가 끝나는 것이 두려웠다.

진짜 네가 꼬리라면

재희와 나는 모니터를 통해 서로를 노려보다가 회의를 종료했다. 점점 반질반질해지던 재희의 눈동자가 그날 밤에도, 그다음 날에도 계속 떠올랐지만 차마 말을 걸 용기를 내지 못했다. 방역 단계가 다시 낮아져서 대면 수업이 시작되기 이틀 전, 재희가 먼저 화상 통화를 제안했다. 플라잉테일에 관한 일이라면 먼저 손을 내미는 쪽은 언제나 재희였다. 사실, 플라잉테일에 관한 일이 아니어도 그랬다.

"네 말이 맞아. 내가 거짓말했어."

화면이 연결되자마자 재희가 말했다. 나는 미안하다고 먼저 말할 기회를 놓쳤다.

"그동안 백승우랑 일이 있었어."

그래, 그 바보의 이름이 백승우였지. 입술을 삐죽거리는 내 얼굴을 화면에서 확인하고 나는 황급히 무표정으로 표정을 고쳤다.

"근데 이제 정리했어."

이건 또 무슨 말인가 싶어 나는 그만 급발진해 버렸다.

"뭐야, 걔가 찼어?"

"뭐래, 그게 아니고 시작도 안 했어."

재희가 허탈하게 코웃음 치며 대답했다. 진짜 웃음이었다. 마음이 놓였다.

"얼마 전부터 걔가 우리 채널에 댓글도 달고 나한테 개인 메시지도 보내고 그랬거든. 매일 저녁 혼자 농구 연습을 하는데 보러 오라길래 몇 번 가 보기도 했어."

"웃기네, 지가 연습하는 걸 네가 왜 가서 구경을 해?"

내가 자신이 아닌 백승우에게 화를 내고 있다는 걸 알아차린 재희가 소리 내어 웃었다.

"그러게. 보니까 내 편집 기술이니 스트리밍 채널 운영 전략에 관심이 있었던 거더라고. 농구 채널을 만들어 보고 싶었던 거지."

"허, 보는 눈은 있어 가지고. 근데, 너 그럼 농구 채널도 만들 거야?"

"아니, 내가 왜."

어이없다는 듯한 반응에 안도의 한숨이 나왔다.

"내가 아무리 영상 편집이며 채널 운영에 재능이 있다지만 어떻게 채널을 두 개씩이나 운영해. 그리고 난 농구는 진짜 하나도 몰라. 플라잉테일이야 플라이보드가 좋고, 너랑 같이하는 게 좋고, 또 꼬리가 좋아서 하는 거지."

순간 울컥해지는 바람에 나는 입을 열 수 없었다.

"나한테도 드디어 썸남이 생겼구나, 하면서 혼자 설레발 친 꼴이지, 뭐. 몇 번 만났는데 온통 스트리밍 채널 얘기밖에 안 해. 처음엔 대체 이게 뭔가 싶더라. 어제는 화상 통화 하는데 편집이랑 특수효과들을 시시콜콜 묻는 게 어찌나 귀찮던지. 괜찮은 영상 편집 튜토리얼 채널이랑, 스트리밍 채널 운영 초보를 위한 가이드 채널 소개해 줘 버렸어. 자기도 알아들었겠지."

역시 재수 없었다. 내 베프를 이용하려 들고 실연을 안겨 주다니. 하지만 그렇다고 백승우가 재희한테 진짜로 관심이 있었던 거라면 그건 또 그대로 재수가 없었겠지. 모순된 마음에 할 말을 잃은 나는 습관처럼 꼬리의 충전기가 놓인 침대 쪽을 돌아봤다. 재희가 이를 놓치지 않고 화제를 돌렸다.

"꼬리는 어때?"

이젠 대답을 미룰 핑계도 없었다.

"그냥…… 하루 한두 시간 정도만 깨워서 시간 보내고 있었어. 집에서야 뭐 거의 다를 게 없어."

돌쇠까지 셋이 함께 플라이파크에 복귀하기 전에는 안심할 수 없다. 이제 이틀만 지나면 그것도 알 수 있겠지.

"대체 그때 꼬리가 어땠길래?"

나는 아직도 재희에게 꼬리의 문제를 정확히 이야기하지 않았지만, 재희는 이미 나의 불안과 그 이유를 잘 알고 있는 것 같았다.

"미안해. 그때 내가 같이 있었어야 했는데."

이번에도 재희에게 선수를 뺏겼다. 나는 아무것도 사과하지 못했다. 어색함을 감추기 위해 나는 현실적인 안건을 끄집어냈다.

"이츠러브에서 계속 이메일이 오고 있는데 어쩌지."

그동안 이츠러브는 마인드 백업 서비스에 대한 설문

조사 이메일을 비롯해 향후 광고 집행 일정을 확인하는 이메일을 계속해서 보내 왔다. 채널 운영이 삐걱거린 탓에 그간 우리는 방역 단계를 핑계로 별다른 응답을 하지 않고 있었다.

"마인드 백업 이후 꼬리가 그렇게 달라진 게 확실하다면, 아무래도 광고는 무리지. 구독자들에 대한 우리의 신뢰 문제도 있는데. 그렇게 되면 사실 광고료가 아니라 보상금을 받아야 하는 거 아닐까?"

마음만 앞서는 나와 달리 재희는 현실적으로 상황을 바라보고 있었다.

"만약에, 만약에 꼬리가 결국 돌아오지 않는다면 말이야."

재희가 말을 골랐다.

"'플라잉테일'이란 채널도 유지하기 힘들 거야. 그냥 플라이보드 채널이라는 콘셉트만 가져갈 건지, 새로운 반려로봇과 처음부터 호흡을 맞춰 나가는 콘셉트로 조정을 할지 결정해야 돼. 뭐가 됐든 이름은 당연히 바꾸고."

재희가 꼬리 없는 상황을 이렇게 구체적으로 고민하고 있었을 줄은 몰랐다. 그보다 재희의 말을 들으며 그

중 무엇이 나을지를 고민하는 나 스스로가 가장 놀라웠다. 꼬리가 없는 상황을 이렇게 아무렇지도 않게 가정할 수 있다니, 꼬리 없이도 채널을 유지하겠다고 생각하다니.

플라잉테일을 본격적으로 운영하기 시작하고, 구독자 수가 갑자기 늘어나기 시작할 무렵. 떠오른 생각 하나가 있었다. 입 밖으로 꺼내는 것은 물론 마음속에서 문장으로 만드는 것도 꺼렸던, 그러나 점점 확실해지던 바람 하나. 혹시 채널이 커지면 그분들도 보게 되지 않을까? 유명세를 타면 그분들이 나를 알아볼지도 몰라.

2주 만의 등하교를 마치고 나는 꼬리와 함께 이츠러브 본사 고객센터를 찾았다. 엄마도 재희도 없이 꼬리와 단둘이. 따라나서겠다는 재희를 만류했다.

"다녀와서 결정하자. 이츠러브와 어떡할지. 플라잉테일을 어쩌면 좋을지."

혹시나 최악의 상황이 오더라도 결정을 내리고 꼬리와 마지막 인사를 나누는 건 오롯이 혼자서 해야 할 일이라고 생각했다. 그랬다. 나는 꼬리의 마인드가 더 이상 진본이 아니라면, 그러니까 꼬리의 마음이 예전과 같지 않다면 마지막 인사를 나눌 각오까지 하고 있었다. 그만큼 비장했다.

검수실 테이블에 꼬리를 올려놓은 담당자가 이번에는 꼬리의 전원을 끄지 않은 채 온갖 단자를 연결했다.

"정밀 검사는 의식이 있는 상태에서 진행하는 게 더 좋아요. 각종 자극에 어떻게 반응하는지를 살펴야 하니까."

의아하게 바라보는 나를 향해 담당자가 설명했다. 인공 뉴런 하나하나를 살펴야 하는 일이기 때문에 점검에 필요한 소요 시간을 예상하는 데만도 꽤 오랜 시간이 걸렸다. 덕분에 나는 궁금했던 것을 자연스럽게 물어볼 수 있었다.

"근데, 백업된 마인드는 결국 복사본이잖아요. 그게 기존의 마인드와 정말로 정확히, 완전히 일치할까요? 둘 중 하나만 선택해야 한다면 담당자님은 백업 버전과 기존 버전 중 무엇을 선택할 거예요?"

담당자가 내 질문이 흥미롭다는 듯 눈알을 이리저리 굴리며 곱씹더니 천천히 입을 열었다.

"둘 중 뭐가 진짜인지 따지는 건 기술적으로도, 현실

적으로도 무의미해요. 백업을 만든다는 건 절대로 잃을 수 없는 소중한 데이터라는 뜻이고 백업은 소실을 방지할 수 있는 최선의 방법이잖아요."

담당자는 점검 종료까지 2분도 채 남지 않았다고 표시된 모니터를 흘끗 바라본 뒤 다시 나를 향해 싱긋 웃었다.

"디지털 파일뿐 아니라 예로부터 인류는 중요한 문서라면 백업을 만들어서 서로 다른 곳에 보관했죠. 그 시절엔 정말 백업과 원본의 의미가 없었을걸요."

점검이 끝났다는 알람이 울렸다. 연결된 단자들을 떼어 내자 꼬리가 조금씩 꼬리를 흔들며 내 손에 엉덩이를 들이밀었다. 그리고 나를 돌아보며 짧게 짖었다. 이제는 모두 괜찮다는 듯.

그 사이 담당자가 복잡한 모니터를 바라보며 검사 결과를 전했다. 인공 뉴런 및 신경망은 모두 정상이었다. 백업된 마인드에 오염된 부분도 없었다. 결론적으로 내가 본 일시적인 오류는 노후한 동체 때문이라는 얘기였다. 반응 속도가 느려진 동체와 백업된 마인드의 동기화가 다소 어긋났고, 이것이 쌓여서 연쇄적으로 불필요한 동작을 만들거나, 기존의 동작을 생략했다는 거다. 익숙한 버릇이나 반응이 예전과 다르다고 느끼는 것은 어쩔 수 없다고도 했다.

"사실, 저희는 반려로봇의 수명을 무한대로 연장하는 기술을 실용화하려 했어요. 대규모 마인드 백업이 별 탈 없이 잘 진행되면, 향후 구형 기기를 교체해서 백업된 마인드와 동기화하는 식으로요. 그게 이츠러브 내부의 큰 그림이었어요. 근데……."

담당자는 이 지점에서 엄청난 기밀이라도 전한다는 듯 목소리를 한껏 낮췄다. 무한대의 수명이란 말에 나 역시 마른 침을 삼키며 귀를 기울였다.

"클라우드에 백업된 마인드가 몸체와 연동되는 과정을 검토해 보니까, 인공 뉴런 및 신경망과 그 부품이 기록하고 저장한 데이터가 서로 긴밀하게 영향을 주고받고 있더라고요. 아무리 최신 하드웨어라도 오랜 기간 마인드와 상호작용한 몸체의 처리 속도는 따라잡을 수 없다는 결론을 내렸어요."

기대했던 결론이 아니었다. 실망감이 얼굴에 드러났는지 담당자가 코를 찡긋하며 말했다.

"실망할 일이 아닌데? 현재 꼬리의 마인드는 새로운 경험과 기억을 쌓아 나갈 여지가 다시 엄청나게 커진 거예요. 인간의 몸이 나이가 들수록 회복 속도가 느려지는 것처럼 반려로봇도 시간이 흐르면 기기의 반응 속도가 느려지는 건 어쩔 수 없죠. 늙는다는 건 살아 있다는 얘기니까."

늙지 않으면 살아 있지도 않다는 얘기이기도 했다. 담당자가 갑자기 분위기를 전환해 심각하게 입을 열었다.

"근데 그런 건 있어요. 이제부터는 정말 물리적 손상을 조심해야 돼요. 워낙 구모델이라서 생산이 중단된 부품들이 좀 있거든요. 조만간 하드웨어도 정밀 검진을 한번 실시해 보죠."

일정은 차후에 논의하기로 한 뒤 건물을 나섰다. 정류장에서 버스를 기다릴 때도, 버스 안에서 무릎 위에 꼬리를 올려놓고도 나는 이동장 안을 들여다보지 않았다. 모든 것이 정상이었고, 꼬리의 마인드 역시 무사하며, 조금씩 느껴지는 이상은 기기 노후에 따른 자연스러운 증상이라고 했다. 그러나 내 마음은 여전히 갈피를 잡지 못하고 있었다. 내가 기억하는 예전의 꼬리가 완전히 돌아오지 않는다면? 그런 꼬리를 내가 예전처럼 대해도 괜찮을까. 진짜 꼬리를 알아보지 못한 나를 사라진 꼬리가 원망하면 어쩌지.

버스가 플라이파크 앞 정류장에 정차했다. 우리 집은 두 정거장을 더 가야 했지만 나는 무언가에 홀린 듯 하차 버튼을 눌렀고, 정신을 차려 보니 공원 정문 앞에 서 있었다. 오랜만에 문을 연 플라이파크는 월요일 오후임에도 주말과 다를 바 없이 붐볐다. 돌쇠도 없는데 어쩌자고 여기에 내려 버린 거지.

"오오오, 꼬리!"

목소리에 뒤를 돌아보니 미류 언니 일행이 서 있었다.

"꼬리 이제 다 나은 거야? 보고 싶었어, 꼬리야!"

언니들의 호들갑에 꼬리가 흥분했는지 이동장이 들썩였다. 나는 하는 수 없이 꼬리를 꺼내어 가슴줄을 채웠다. 돌쇠는 아니지만 다른 플라이보드에 어떻게 반응하는지 보고 싶은 마음도 있었다. 혹시나 평소처럼 기뻐하지 않더라도 이건 돌쇠가 아니니까, 하고 위안 삼을 수도 있겠지.

완벽한 계단 난간 그라인드를 선보이는 미류 언니를

향해 꼬리가 꼬리를 마구 흔들었다. 걱정과 달리 플라이보드에 반응을 보이는 것 같았다. 다행이었다. 그런데 참 이상했다. 분명히 안심되는 일이었는데, 내 마음은 계속 불안하기만 했다. 꼬리를 흔드는 꼬리를 보던 미류 언니가 나에게 소리쳤다.

“꼬리가 몸이 근질근질한가 봐. 한번 달리게 해 봐!”

아무리 그래도 돌쇠와 나에게 워낙 익숙해서 아무 보드하고나 호흡을 맞출 리가 없는데, 생각하며 가슴줄을 벗겼다. 그런데 미류 언니 쪽으로 쏜살같이 달려간 꼬리가 언니의 완벽한 그라인드에 발맞추어 계단을 내려가더니 착지 지점까지 정확하게 예상했다. 미류 언니 일행은 물론 이를 목격한 주변의 다른 보더들까지 흥분의 도가니였다. 미류 언니가 나를 향해 환하게 웃으며 엄지를 치켜올렸다.

나는 고개를 돌렸다. 자신의 이름을 연호하는 사람들 사이를 신나게 달린 끝에 꼬리는 다시 내 곁으로 돌아왔다. 거칠게 다시 꼬리에게 가슴줄을 채우는데 속이 좋지 않았다. 빨리 집으로 돌아가고 싶었다. 그런 내 기분을 아는지 모르는지 꼬리는 들뜬 마음을 감추지 못

하고 또 다른 플라이보드를 발견하곤 쫓아가고 싶어 성화였다.

뭐야, 대체. 왜 또 갑자기 이렇게 보드에 환장하게 된 거야? 정말 제멋대로잖아. 내가 얼마나 걱정했는데. 아무나 따라서 달리고, 사람들이 칭찬해 준다고 그렇게 쪼르르 쫓아가 버릴 일이야? 진짜 네가 꼬리라면 계속 내 곁에 있어야지. 내 마음을 이렇게 모를 리 없다고. 점점 걸음이 빨라져 나는 숨이 찰 지경이었다. 멀리 공원 외곽을 어슬렁거리는 반려로봇 수거 차량이 보였다. 가슴이 두근거렸다.

자신을 잡아당기던 힘이 약해진 것을 느낀 꼬리가 고개를 오른쪽으로 갸웃하며 나를 바라보는 것 같았다. 나는 그쪽으로 눈길을 주는 대신 속도를 늦추지 않고 계속 걸었다. 그렇게 걷다가 정신을 차리니 현관문을 열고 집 안에 들어서고 있었다. 신발장에 얌전히 올려져 있는 보드용 운동화와 비스듬히 세워져 있는 돌쇠가 눈에 들어왔다. 깊은 곳에 묵직한 돌덩이라도 가라앉아 있는 것처럼 문득 가슴속 한구석이 뻐근했다.

부쩍 커진 마음에

센서 등이 꺼진 어둑한 현관에 우두커니 선 채 얼마나 시간이 흘렀는지 모르겠다. 현관문 잠금장치의 비밀번호를 누르는 소리가 들리더니 뒤이어 들어온 엄마가 나를 보고 흠칫 놀랐다. 엄마가 내 얼굴을 잡고 볼을 닦아 줄 때에야 내 얼굴이 눈물범벅이었다는 걸 깨달았다.

"꼬리가, 아무래도 꼬리가 아닌 것 같아."

"무슨 말이야, 그게? 점검 결과 이상이 있대?"

"아니, 아무 문제도 없대……. 근데 그래서 더 이상해."

말을 하다 보니 점점 정신이 또렷해지면서 내가 무슨 일을 저질렀는지 실감이 났다.

"그래서, 지금 꼬리는 어딨는데?"

"몰라."

"뭐?"

"같이 플라이파크에 갔었거든. 근데 꼬리가 나를 따라오지 않았어."

"두고 왔단 거야? 근데 꼬리는 너를 쫓아오지 않았고?"

엄마가 메고 있던 가방을 내려놓으며 말을 이었다.

"들어가 있어 봐. 엄마가 공원에 가 볼게. 아직 있겠지."

하지만 나는 그대로 현관 턱에 쪼그려 앉았다. 엄마는 그런 나를 내려다보더니 가방을 안쪽으로 밀어 넣으며 내 옆에 자리를 잡고 앉았다.

"왜 그래?"

엄마는 항상 이유를 물었다. '그렇게 행동한다고 달라지는 건 없는데 대체 왜 그래? 너도 기분 나빠지는 말이랑 행동을 대체 왜 하는 거야?' 엄마는 항상 질문하는 사람이고 대답이 필요한 사람이지만, 문제는 나 역시 아무리 생각해도 이유를 알 수 없다는 거였다. 아무렇게나 이유를 만들어 낼 때도 많았다. 하지만 이번엔 솔직히 말하기로 했다.

"모르겠어. 아무래도 지금 꼬리가 진짜 꼬리가 아닌 것 같아. 마음이 너무 아픈데, 어떻게 해야 할지 모르겠어."

센서 등이 꺼진 현관은 어둑했지만 어둠 속에서도 알 수 있었다. 엄마가 고개를 한쪽으로 기울인 채 나를 보고 있다는 것을.

"마인드 백업 따위 하는 게 아녔어."

나는 그렇게 말하며 무릎에 얼굴을 묻었다. 아무것도 보이지 않게 되자 용기가 생겼다. 대답이 아닌 질문을 던질 용기가.

"엄마는 나를 처음 본 순간 내가 엄마 딸이라는 걸 알았어? 혹시 엄마 진짜 딸이 있는데 못 알아보고 나랑 살고 있는 건 아닌지 궁금한 적 없었어?"

"하율아."

엄마가 내 어깨를 감싸 안았다. 엄마가 그렇게 하면 내가 엄마 품속에 쏙 들어가던 때가 있었다. 그때는 이런 것들이 궁금하지 않았다. 궁금한 것도 무서운 것도 없던 때가 사무치게 그리웠다.

"당연히 알아봤지. 여름 하, 큰바람 율. 여름에 부는 큰바람처럼 씩씩하고 고마운 존재가 되라고 우리가 이름을 먼저 지어 놨거든. 내가 '하율아, 엄마야. 만나서 반가워' 인사했더니 네가 내 눈을 똑바로 바라보면서

방귀를 뿡! 뀐 거야. 근데 어떻게 못 알아볼 수가 있겠어. 하율이가 엄마 아빠를 먼저 알아봤는데."

잠들기 전, 우리가 처음 만난 날 이야기를 해 달라고 할 때마다 엄마가 수백 번은 해 준 이야기였는데 열 살이 넘은 뒤로는 한 번도 청한 적이 없었다. 오랜만에 들으려니 새삼스럽게 웃음이 났다. 고개를 슬쩍 들고 엄마를 봤다.

"엄마랑 아빠는 왜 아이를 입양하겠다고 결심했어?"

엄마가 내 얼굴에 붙은 머리카락을 떼어 주며 되물었다.

"네가 꼬리를 알아보고 바로 이름을 불렀을 때 꼬리도 너한테 대답했잖아. 기억나지?"

당연히 기억했다. 손바닥을 간질이던 꼬리의 작은 꼬리털 감촉은 시간이 아무리 흘러도 생생했다.

"그럼, 꼬리를 왜 만나고 싶어 했는지도 기억나?"

그건…… 모르겠다. 그 이유를 기억해 내려고 노력한 적도 없었다. 내 대답을 안다는 듯 엄마가 말했다.

"엄마도 그래."

그때 문밖에서 엘리베이터 문 열리는 소리가 들렸다.

그리고 이어서 초인종 소리. 엄마가 문을 열자, 숨이 턱 끝까지 차오른 재희가 대뜸 말했다.

"아, 도대체 너…… 왜 폰, 확인을 안 하는 거야."

여러 번 전화를 하고 문자 메시지도 보냈지만 계속 확인하지 않기에 달려왔다는데, 엄마를 보고 인사하는 것도 잊은 걸 보면 과연 제정신은 아닌 것 같았다. 꼬리의 점검 결과가 궁금해서 내 연락을 기다리던 중, 플라이파크에서 혼자 돌아다니는 꼬리를 목격했다는 플라잉테일 구독자들의 실시간 댓글을 발견했다고 했다.

"처음엔 비슷한 반려로봇인 줄 알았지. 근데 누군가 사진을 같이 올렸는데 아무리 봐도 꼬리인 거야. 가슴 줄을 보니까 바로 알겠더라고. 야, 난 또 너한테 무슨 일 있는 줄 알고 어찌나 놀랐는지……."

"미안."

한가하게 사과를 주고받을 때가 아니었다. 우리는 흩어져서 꼬리가 갈 만한 곳을 찾아보기로 했다. 재희와 내가 함께 플라이파크 쪽을 훑는 동안 엄마는 집 근처를 찾는 식으로.

나와 재희는 함께 보드를 타고 빠르게 달렸다. 틈틈

이 플라잉테일 구독자들이 찍은 꼬리의 모습을 확인했다. 가슴줄을 달고 두서없이 플라이보드를 따라 이리저리 돌아다니는 모습은 확실히 이상해 보였다. 반려인이 보이지 않을 경우 반려로봇은 자동으로 반려인 위치 검색 모드에 들어가게 되는데, 안 그래도 빛의 속도로 배터리가 닳는 꼬리의 요즘을 생각하니 순식간에 전원이 꺼질지도 모른다는 두려움이 몰려왔다. 그렇게 되면 내가 아무리 주변에서 꼬리를 외쳐 불러도 반응할 수 없게 된다. 문득, 공원을 천천히 훑던 반려로봇 수거 차량이 떠올랐다. 시간이 없었다.

놀이터의 동네 꼬마들 목소리가 아파트 단지 곳곳으로 울려 퍼졌다. 꼬리와 함께 놀이터는 물론 온 동네를 휘어잡으며 뛰어다녔던 기억이 떠올랐다. 서연이나 재희는 물론 돌쇠를 만나기 훨씬 전부터 우리는 이미 한 팀이었다. 이젠 돌아갈 시간이라며 우리의 이름을 번갈아 부르는 아빠와 때론 숨바꼭질하듯, 때론 술래잡기하듯 놀이터를 뱅글뱅글 돌았다. 말 한마디 통하지 않았지만 꼬리의 마음이 딱 내 마음이었다. 우리는 늘 놀고 싶고 달리고 싶었다.

아파트 정문을 지나고 나서 우리는 평소 나와 꼬리가 지나던 큰길이 아닌, 공원으로 가는 최단 거리 골목길에 접어들었다. 그리고 누가 먼저랄 것도 없이 꼬리의 이름을 외쳐 부르기 시작했다.

"꼬리야!"

그렇게 꼬리의 이름을 계속해서 부르자 왈칵 꼬리가 보고 싶었다. 나의 뒷모습을 바라보고 있었을 꼬리가 떠올랐다. 도망치듯 멀어지는 나를 끝까지 눈에 담지 않았기를 빌었다. 그때 나는 꼬리가 한 번이라도 짖거나, 나를 바로 따라와 알은체한다면 꼬리에게 마지막 기회를 주겠다고 되뇌고 있었다. 깜짝 놀란 척하면서 다시 가슴줄 손잡이를 집어 들어야지, 그리고 아무렇지도 않게 함께 집으로 돌아가야지. 하지만 꼬리는 끝내 짖지도, 나를 따라오지도 않았다.

그때 나는 꼬리의 마음이 거기 없다고 생각했다. 진짜 마음이 사라진 가짜일 뿐이라면, 그런 가짜와 웃으며 행복한 시간을 보내는 것은 진짜 꼬리에 대한 배신과 마찬가지라고 되뇌며 걸음을 서둘렀다. 하지만 내가 틀렸다.

"꼬리야, 언니 여기 있어! 언니가 미안해."

자꾸만 소리를 질렀더니 결국 목소리가 갈라지기 시작했다. 플라이파크 정문에 도착했을 때는 꼬리의 이름을 부를 수도 없을 만큼 목이 잠겨 버렸다.

해는 완전히 져 버렸고, 환한 가로등이 검은 하늘을 밝히고 있었다. 저녁 식사 시간이었지만 간만에 야외 활동을 즐기는 인파는 아까에 비해 전혀 줄지 않은 것 같았다. 제일 먼저 마지막으로 꼬리와 헤어진 곳을 찾아가 보았지만 역시 꼬리는 없었다.

"여기서 줄을 놨는데."

실은 여기가 거기인지 자신이 없었다. 재희와 나는 다시 흩어져 공원 안을 훑었다. 재희는 독자들이 제보한 영상에 나오는 곳을 둘러볼 테니 나는 평소 우리가 함께 훈련했던 구조물 위주로 살펴보라며 멀어졌다.

가로등 불빛 덕분인지 공원 안은 아까 꼬리를 두고 나왔을 때보다도 더 대낮 같았다. 사람들의 웃음소리며 보드와 인라인, 자전거가 구조물을 이용하면서 나는 소리로 가득했다. 꼬리가 여기 어딘가 있다 해도, 나와 재희가 부르는 소리가 꼬리에게 닿기나 할지 의문이었다.

반려 가족과 함께 달리거나 산책 중인 반려견형 로봇이 보일 때마다 눈물이 나서 자꾸만 눈을 깜빡거렸다. 하나같이 목줄이나 가슴줄을 착용하고 있었다. 그렇게 보울과 메가 점프대와 다양한 높이의 레일과 계단이 이어진 곳까지 전부 살펴보고 나자 다시 정문 근처였다. 퇴근길 정체가 풀리기 시작한 큰길에서 자동차들이 속력을 높이고 있었다. 인도와 가까운 차선에서는 공원에 들어서려는 차량들이 줄을 지어 천천히 전진하는 중이었다. 얼마 전 정문에서 꼬리 때문에 차도로 떨어질 뻔했던 기억이 떠올랐다. 더 이상의 심각한 물리적 손상은 수리가 불가능할지도 모르니 조심해야 한다던 담당자의 말도. 그 순간이었다.

끼이익! 깨갱!

자동차 타이어가 아스팔트를 긁으며 급정거하는 소리, 그리고 겁에 질린 강아지의 날카로운 비명이 공원 안으로 울려 퍼졌다. 그 소리를 듣자마자 나는 정문을 향해 속력을 높였다.

꼬리일 리가 없어. 꼬리는 자동차를 피해야 한다는 걸 알고 있어. 나랑 그렇게 여러 번 연습했는걸. 하지만 그 모든 연습은 나와 함께 있을 때, 우리가 꼬리의 가슴줄로 연결되어 있을 때뿐이었다. 어느 정도의 물리적 손상이면 심각하다고 말할 수 있을까. 머릿속으로 너무 많은 생각이 스쳐 지나가서 정신을 차릴 수 없었다.

그런 내 옆을 반려로봇 수거 차량이 앞서갔다. 방치된 반려로봇 때문에 안전사고가 발생했거나, 발생할 뻔했던 거라면 해당 로봇은 바로 수거될 것이었다. 뒤늦게 반려인이 찾아온다 해도 까다로운 절차를 거쳐 벌금을 지불한 뒤에야 되찾을 수 있다고 들었다. 경우에 따라서는 반려로봇 소유 자격을 박탈당할 수도 있었다.

도착해 보니 최신형 반려로봇을 꼭 끌어안은 꼬마가 보였다. 꼬리가 아니었다. 다리에 힘이 쭉 빠져 주저앉고 싶은 것을 간신히 참고 있자니 아이의 부모로 보이는 어른들이 달려와서 운전자에게 사과하기 시작했다.

아이는 놀란 표정으로 코를 훌쩍이면서도 품 안의 반려로봇을 연신 쓰다듬었다. 겁먹은 듯 보였던 반려로봇이 금세 혀를 날름거리며 아이의 얼굴을 핥았다. 차량의 흐름이 돌아왔고, 아이의 부모는 심각한 표정으로 아이에게 무어라 당부하는 것 같더니 곧 웃는 얼굴로 공원 밖으로 걸어갔다. 이들을 스캔하던 반려로봇 수거 차량 역시 돌아서 멀어졌다.

꼬리가 처음 나에게 왔을 때 우리의 모습이 떠올랐다. 처음에는 아빠나 엄마가 우리를 양손에 잡고 걸었다. 우리는 함께 차를 조심하는 방법, 횡단보도를 건너는 방법 등을 익혔다. 다섯 살쯤부터는 내가 꼬리의 목줄을 잡고 걸을 수 있게 되었고, 그때 엄마와 아빠는 내가 아닌 꼬리에게 나를 부탁한다고 농담 삼아 말하곤 했다.

어쩌면 그게 농담이 아니었는지도 모르겠다는 생각이 들었다. 꼬리는 언제나 내가 가르친 대로, 나를 따라 행동했다. 시간을 들여 꼬리에게 경험을 입력하면 마음이 만들어졌고 그렇게 만들어진 마음이 행동으로 출력됐다. 그렇게 꼬리와 나는 서로를 돌봤는데. 부쩍 커진 마음에 당황한 건 꼬리였을지도 모르는데. 참고 기다리는 대신 불안해하고, 또 믿지 못해서 자꾸만 확인하려고만 들었다.

어쩌면 꼬리는 이미 나의 그런 못난 마음을 알아챘고, 그저 어쩔 줄 몰랐던 건지도 몰랐다.

누군가 어깨를 툭툭 쳐서 돌아보니 재희였다.

"사람들한테 좀 물어봤는데, 꼬리가 공원을 나서는데 어떤 여자가 따라붙는 걸 봤다는데? 내가 여기 다시 한 번 볼 테니까 넌 집으로 돌아가는 길을 되짚어 봐. 아까 왔을 때랑 다른 길로."

우리, 만날 수 있을까

이전과는 달라진 나의 모습에 놀란 꼬리가 달렸을 길을 되짚었다. 드넓은 인도에는 늘 인파가 많았지만 우리는 그중에서도 사람들의 발길이 드문 곳을 골라서 다녔다. 오후 4시에도 사람들이 대기 줄을 서는 화덕피자집 앞에서는 차도와 가까운 쪽으로, 영업시간이 지나면 제법 한가해지는 큰 은행 건물 앞을 지날 때는 건물과 가깝게 붙어 지났다. 그렇게 골라 다니면 일반 모드의 돌쇠를 탈 수 있었다. 돌쇠를 앞서거니 뒤서거니 호위하던 꼬리의 의기양양한 엉덩이가 눈앞에 아른거렸다.

꼬리의 마음이 자란다는 것을, 더 큰 마음이 필요했고 커진 마음에 적응할 시간이 필요하다는 것을 이해하지 못했다. 내 불안만 앞세워 사소한 버릇 하나라도 예전과 다른 것을 받아들이지 못했다. 엄마, 아빠의 완벽한 딸이 될 수 없을 거라는 불안감이 마구마구 커져 나가던 시절, 스스로도 이해할 수 없는 말과 행동을 일삼았을 때 내 마음 역시 엉망진창이었다. 어느 때는 마음이 꽉 차서 터져 버릴 것 같았고, 어느 순간엔 구멍이 뻥 뚫린 듯 허기졌다. 계속해서 잠만 자고, 아무에게나 들이대던 꼬리 역시 그랬을지도 몰라. 엄마 배 속에서 태어나지 않았고, 처음 만난 우리와 가족이 되어 살아온 꼬리는 나와 참 비슷한 내 동생인데. 그런 내가 꼬리를 잠시나마 버릴 마음을 먹었다니 스스로를 용서할 수 없었다. 나는 땅을 세게 굴러 돌쇠를 재촉했다.

골목으로 접어들자 가게들이 장사를 접으며 퇴근을 서두르고 있었다. 30미터 전방에 골목 카페가 보였다. 농구바보, 아니 백승우로 보이는 남자애가 건물 앞에서 농구공을 드리블하고 있었다. 백승우 역시 나를 발견한 모양이었다. 확실히 오늘은 일진이 좋지 않은 날이었어. 꼬리가 이 앞을 지나가다가 또 겁먹은 건 아닐지 문득 걱정이 됐다. 오늘은 그냥 지나칠 수 없었다. 꼬리의 행방을 물어야 했다.

"장하율!"

어쩐 일인지 백승우가 먼저 나를 알은체했다.

"혹시 꼬리 찾는 거야?"

꼬리의 이름을 알고 있어 깜짝 놀랐지만 생각해 보니 놀랄 일은 아니었다. 재희를 영입하려고 했었으니 우리 채널을 눈여겨본 것은 당연했다.

"어떻게 된 거야, 아까 꼬리가 혼자 이 앞을 지나갔어. 그 뒤로 모르는 사람들이 보드를 타고 쫓아갔고."

"사람들? 여자 한 명이 아니고?"

"어. 여자 한 명, 그리고 초등학교 저학년 정도로 보이는 남자애 한 명."

남자애는 뭐고, 게다가 보더라니? 알 수 없는 노릇이었다. 그래도 꼬리가 집 쪽으로 향하고 있었다는 건 분명해졌다.

"이 카페, 우리 이모가 하는 데거든. 이모 퇴근 기다리면서 드리블 연습 좀 하고 있는데 저쪽에 꾀죄죄한 견형 반려로봇이 보이더라고? 근데 나랑 농구공을 보자마자 놀란 것처럼 빠르게 피해 가는 거야. 그거 보고 꼬리 같다고 생각했어."

내 표정을 살피던 백승우가 손사래를 치며 말을 이었다.

"이번에는 예전 같은 그런 일은 없었어! 그때 나 때문에…… 꼬리 다칠 뻔한 거, 진작 사과했어야 하는데. 나도 너무 당황해서."

위급 상황이라지만 한 번도 말을 섞어 본 적 없는 사이에 이렇게 말을 걸다니 꽤나 서글서글한 애였다. 생각보다는 예의도 있는 것 같고. 잠깐 재희와 백승우가 함께 있는 장면을 그려 보다가, 그런 걸 생각하기에 좋은 타이밍이 아니란 걸 깨달았다. 쭈뼛대는 백승우 뒤로 반려로봇 수거 차량 세 대가 연달아 지나가고 있었다. 이 구역에 평소보다 더 많은 차가 배치된 것 같았다. 대체 왜?

내가 말이 없자 백승우는 여기저기 흠이 나고 색깔도 벗겨진 돌쇠를 흘끔 바라보더니 덧붙였다.

"그…… 아까 그 사람 보드는 막 날개도 달려 있고 번쩍번쩍 빛도 나던데."

날개란 말에 정신이 번쩍 들었다. 미류 언니?

미류 언니와 함께일지도 모른다는 생각에 아주 약간

안도감이 들었다.

"너 나중에 나 좀 봐!"

재희를 그렇게 물먹인 걸 후회하게 만들어 주지. 아니, 다시 한번 잘해 보라고 부추기는 쪽이 나을까. 나는 다시 보드에 발을 올리고 벙찐 표정의 백승우를 지나쳤다.

아파트 단지 안에 들어서자 꼬리가 짖는 소리가 들리는 것 같았다. 놀이터 꼬마들의 활기찬 웃음소리며 즐거운 비명에 묻혀 있긴 했지만 분명 꼬리의 소리였다. 어린 시절 나와 함께 놀이터에서 놀 때 익숙하게 들었던, 놀이터를 내달릴 때 흥을 못 이겨 짖던 그 소리.

놀이터 외곽에는 오래된 나무들이 둘러 있어서 안이 잘 보이지 않았다. 서둘러 외곽의 내리막길을 내려가는데 꼬리가 아닌 반려로봇 수거 차량이 먼저 눈에 띄었다. 차량이 놀이터를 향해 들어서고 있었다. 가슴이 빠르게 뛰었다.

헐레벌떡 놀이터에 들어서자마자 꼬리가 보였다. 꼬리는 수거 차량 앞에서 겁을 먹은 채 낑낑대고 있었다. 나는 온몸이 굳어 아무 행동도 할 수가 없었다. 그런데 다음 순간, 익숙한 두 사람이 차량을 등지고 꼬리를 막

아섰다. 동행하는 인간이 있다는 걸 인지한 수거 차량이 조금 더 관찰하려는 듯 물러나 놀이터 한구석에 자리 잡았다.

"꼬리……."

기운이 빠진 내가 중얼거리다시피 꼬리를 불렀다. 꼬리가 미류 언니와 준이 뒤로 머리를 빼꼼히 내밀었다. 망설이는 듯 나를 바라보는 몇 초가 영원처럼 느껴졌다. 하지만 결국 꼬리는 온 얼굴로 환하게 웃으면서 나를 향해 달려왔다. 꼬리의 꼬리가 정신없이 흔들렸다. 내 품에 안겨서도 마찬가지였다. 처음 우리가 만났을 때처럼. 아니, 그보다 훨씬 강렬한 진동이었다.

미류 언니와 준이가 나와 꼬리 곁으로 다가왔고, 감격적인 상봉이 끝난 뒤 나는 자초지종을 들을 수 있었다. 언니는 한참 보드를 탄 뒤 집으로 돌아가려다가 혼자서 공원 안을 배회하던 꼬리를 발견했다. 아무리 봐도 나를 찾을 수 없어 불안해하는 기색이 역력한 꼬리, 그리고 오늘따라 공원을 꼼꼼히 살피는 반려로봇 수거 차량이 마음에 걸렸다고 했다. 금방 내가 다시 돌아온다 해도 그렇게 혼자 둘 수는 없다는 생각에 일단 지켜보다 공원 밖을 나서는 꼬리를 마침 집에 가던 준이와 함께 따라나섰다. 두 사람은 때로 전속력으로 달리는 꼬리를 자꾸만 놓치면서도 겨우겨우 따라잡아 여기까지 도착한 것이었다.

"꼬리가 너무 잘 알고 있더라고, 집으로 돌아오는 길을. 몸이 기억하는 수준이었어."

"보드 타기 좋은 길을 귀신같이 찾아다니던데?"

우리가 함께 귀가하는 길을 그대로 혼자 되짚어 달려왔을 꼬리가 그려졌다. 그 길을 내내 함께 하며 어떻게든 꼬리를 지켜 준 미류 언니와 준이, 자기 동생을 잃어버린 양 걱정해 준 재희에, 백승우까지 꼬리를 신경 쓰고 걱정하고 있었다는 게 꿈만 같았다.

꼬리는 한 번도 내 곁을 떠난 적이 없었고, 지난 13년간 그래 왔듯 나와 함께였다. 달라진 환경 탓에 잠시 사소한 오류를 일으켰을 뿐, 우리가 함께 한 시간을, 그 시간이 쌓인 우리의 몸을 믿어야 했다. 모두 내 잘못이었다. 이번에야말로 내가 먼저 사과해야지.

"미안해, 꼬리야. 언니가 잘못했어."

그로부터 일주일이 지나 사회적 거리 두기가 더욱 완화되어 마스크 의무 착용까지 사라졌다. 나는 서연이를 만나기 위해 집을 나섰다.

Ⓦ 우리, 만날 수 있을까?

쪽지를 주고받은 그날 서연이의 마지막 메시지였다. 내가 예전 동네를 찾아가기로 했다. 집 앞에서 옛 동네로 향하는 버스를 탈 때까지만 해도 별생각이 없었지만, 버스 안에서 서연이와의 마지막을 곱씹을수록 점점 마음이 불편했다. 그럼에도 소심한 성격에 그런 쪽지를 보내기까지 얼마나 망설였을까 싶어 궁금했다. 그렇게 용기를 내야 했던 이유가 무엇인지.

처음 이 동네를 떠날 때는 다신 돌아오고 싶지 않았는데, 꼬리와 함께 뛰어놀던 골목에 들어서니 실은 내가 이곳을 그리워하고 있었다는 것을 깨달았다. 엄마들과 함께 들르곤 했던 카페에 들어서니 서연이가 먼저 와 나를 기다리고 있었다. 우리는 어정쩡하게 인사를 주고받았다. 서로 키가 컸네 안 컸네, 그런 이야기를 했다. 생일 축하한다는 말도 듣고, 꼬리를 보고 싶다기에 사진과 동영상을 보여 줬다. 대학 입시를 앞둔 동연 언니 소식을 묻기도 했다. 그러고 나니 더 이상 할 말이 없어졌다. 예전엔 뭐 그렇게 할 말이 많아서 내내 붙어 다니면서 수다를 떨었는지, 교환 일기장에 무슨 말을 그렇게 빽빽하게 적었는지 신기할 정도였다.

처음 서연이를 만나러 나올 때는 그때 왜 그랬는지 묻겠다 별렀다. 그런데 이렇게 말없이 음료를 홀짝이는 서연이를 보는 것만으로도 분명해졌다. 내가 화가 났던 건 입양 사실이 갑작스럽게 모두에게 알려졌기 때문이 아니었다. 당황스럽긴 했지만 그게 부끄러운 일이 아니라는 것 정도는 알고 있었다. 내 비밀에 담았던 진심을, 서연이가 단지 궁지에 몰린 상황을 무마하기 위해 이용했다는 예감 때문이었다. 그 예감은 시간이 흐를수록 점점 분명해졌고 내겐 어떤 식이든 서연이의 해명이 필요했다. 그리고 지금, 서연이가 바로 지금 이렇게 내 눈앞에 있다.

우리 앞에 음료는 흔적도 없이 얼음 잔만 놓였을 때, 그런 내 마음을 알고 있다는 듯 서연이가 입을 열었다.

"미안해."

뭐가 미안하다는 건지 알 수 없어서 나는 잠자코 있었다. 서연이가 숨을 들이켰다.

"우리 엄마 아빠 이혼했어. 그때, 너 이사 가고 한 달 뒤에. 지금은 나랑 언니랑 엄마랑 살고 있어. 우리도 이사했어."

정신이 멍해졌다. 이제는 누구의 동네도 아닌 곳에서 우린 이렇게 만나고 있는 건가, 따위의 생각을 하면서 잔에서 녹고 있는 얼음을 뒤적였다.

"그때, 그 사회 시간에, 결혼이며 이혼 이야기를 듣는데 갑자기 눈물을 참을 수 없었어. 그 전날 엄마가 우리에게 말했거든. 이제 아빠랑 같이 살지 않을 거라고. 아빠는 이제 엄마의 가족이 아니라고."

그런데 모두의 관심을 끌어 버렸고, 어떻게든 이유를 찾고 상황을 모면해야 했는데 떠오른 게 나였다는 얘기였다. 입양아라고 불쌍하게 생각한 적도 없었고, 이혼하면 어차피 남남인데 낳아 준 부모를 모르는 게 대수라고 생각한 적은 한 번도 없었다고 말하며 서연이는 희미하게 웃었다.

"정신을 차려 보니까 넌 이미 이사를 가 버렸고, 나도 다른 동네에 와 있었어. 미안하다는 말을 언젠가 꼭 하고 싶었는데 뭔가 염치가 없어서 채널에 댓글만 달고 있었던 거야. 그렇게 알은체해 줘서 고마웠어. 큰 숙제를 끝낸 기분이야."

숙제를 마친 서연이의 표정은 편안해 보였다. 어쩔 줄 모르고 훌쩍이던 사회 시간 이후 2년 동안 서연이의 마음 역시 부쩍 자란 것이다. 그러고 보니 성격도 조금 변한 것 같았다.

카페를 나서면서 시계를 보니 우리는 한 시간 정도 함께 시간을 보냈다. 서로 가까운 지하철역과 버스 정류장을 향해 헤어지기 전 서연이가 말했다.

"아, 맞다. 그때 걔 생일 파티 있잖아. 하, 이제 이름도 생각이 안 나네. 걔는 사실 네가 수술 후에 그렇게 빨리 다시 학교로 돌아올 줄 몰랐다더라고. 파티하는데 어찌나 계속 그 말을 하던지. 어쩜 그게 지금 기억이 나지?"

최고의 백업은

나는 꼬리의 기기 정밀 검진 일정을 예약하기 위해 담당자에게 연락했다. 이틀 뒤 꼬리를 다시 이츠러브 본사로 데려갔고, 검진에 꼬박 이틀, 그리고 이후 튜닝에 또다시 사흘이 걸렸다.

그 과정에서 우리는 꼬리에 대해 중요한 사실을 알게 됐다. 1세대 견형 반려로봇 동체 뼈대의 주재료였던 초전도체가 플라이파크의 자기 부상력, 그리고 플라이보드에서 활성화되는 반중력 물질과 절묘하게 시너지를 낸 것이다. 이후 세대 반려로봇의 주재료로 사용된 초전도체는 이전 버전에 비해 훨씬 업그레이드된 물질이지만 더 이상 그런 효과는 일어나지 않는다. 그렇다고 모든 1세대 반려로봇이 꼬리처럼 플라이보드와 환상의 호흡을 자랑한다고 할 수도 없는 것이, 초전도체와 자기 부상력, 그리고 반중력 물질 사이의 상호작용 자체가 오랜 시간 반복해서 누적된 끝에 일정 단계를 넘어서야만 안정화되는 현상이라고 했다. 간단히 말해, 우리가 함께한 시간, 그리고 그 과정에서 흘린 땀과 노력이 만들어 낸 호흡이랄까.

사방에 흘러넘치는 봄을 만끽할 수 있는 주말. 플라이파크에 사람들이 몰려들기 전 플라잉테일 팀이 간만에 뭉쳤다. 본격 에피소드 촬영은 한 달 여 만이었다. 그사이 우리는 이벤트 참여 피드백 설문을 완성했고, 이츠러브에서는 광고비가 집행됐다. 고민 끝에 나는 돌쇠를 대신할 새 보드를 사는 대신, 돌쇠 역시 정밀 검진과 튜닝, 페이스리프팅 서비스를 받게 했다. 플라잉테일의 마스코트인 꼬리의 얼굴을 캐릭터처럼 디자인해서 돌쇠에 그려 넣었다. 내가 돌쇠를 타고 날아오르면 꼬리의 웃는 얼굴이 언뜻언뜻 보이도록. 미류 언니의 보드에 달려 있는 것과 같은 날개 액세서리도 부착했다. 단지 보기에 멋진 것뿐 아니라, 보다 견고한 균형감 유지에도 큰 도움이 된다고 했다. 크래들 구간에서 속도를 높여 회전 각도를 밀어붙일 생각에 가슴이 벅찼다.

재희는 진짜 드론과 고기능 액션캠을 장만했다. 드론을 이용해 다양한 각도에서 우리의 모습을 포착하는 것뿐 아니라, 재희가 직접 마당쇠에 올라 액션캠을 들고 우리의 움직임을 바로 옆에서 따라잡을 수 있을 터였다.

우리는 2년 전 서로의 보드에 이름을 지어 줬다. 튼튼하고 우직하게, 오랫동안 우리 말을 잘 들어 달라는 의미에서 아주 촌스러운 이름으로. 나는 꼬리는 물론 재희와도 예전처럼 나란히 돌쇠와 마당쇠를 탈 수 있다는 생각에 기뻤다.

플라잉테일로 말하자면 새 에피소드를 업로드하지 못했고, 댓글 무단 삭제를 둘러싸고 소소한 논란이 불거져 조금 삐걱댔다. 그러나 즉흥적으로 편성한 라이브 방송을 통해 무사히 돌아온 꼬리의 소식과 꼬리의 개인기를 함께 전한 이후 다시 본 궤도를 되찾았다. 이제 재희의 새로운 기기, 그리고 꼼꼼한 검진을 거친 꼬리, 돌쇠와 함께 모든 것이 나아질 일만 남았다. 연말이 되기 전에 또 다른 광고를 노려 보자는 목표는 여전했다.

꼬리를 둘러싼 한바탕 소동을 뒤늦게 전했을 때 아빠는 별말이 없었다. 정밀 검진을 통해 알아낸 꼬리와 플라이보드, 플라이파크의 상호작용에 대해서 이야기했을 땐, 그런 특성을 돋보이게 만들 수 있을 만한 플라이보드 기술을 따로 정리해 주었다. 난 그 목록을 받아 들고 신난 만큼 살짝 신경이 쓰였다.

"고마워, 아빠. 근데 괜찮아?"

"뭐가?"

"나도 이제 내년이면 고딩인데 앞으로도 쭉 이래도 될까?"

아빠는 어깨를 으쓱하더니 말했다.

"할 만하니까 하는 거겠지. 무서운 줄 모르고 온몸으로 뭔가를 배우는 것도 다 때가 있는 법이야. 완전히 빠져들어서 한 시절을 불사르는 경험을 아무나 하는 건 아니니까. 몰랐어? 엄마랑 아빠는 플라이보다 장하율의 1호 팬이라는 거. 플라잉테일 1호 구독자들이기도 하고."

엄마까지 그렇게 생각하고 있을 줄은 몰랐다. 하지만 이젠 안다. 엄마는 진심이 아닌 말은 할 줄 모른다. 그러니까 그냥 진심이라고 믿으면 된다. 가짜 마음일지도 모른다고 의심하는 것은 어떤 경우에도, 누구에게도 도움이 되지 않는다.

나는 멋진 날개를 달고 반짝반짝 빛나는 돌쇠를 보울 플랫폼에 내려놓았다. 파크까지 오는 길엔 일반 모드로 타 보았는데 흠 없이 반질반질한 모습이 낯설었다. 재희가 새 드론, 그리고 보드 위에서 액션캠을 촬영하는 데 익숙해지느라 연습하는 동안 나와 꼬리는 여기서 몸을 풀기로 했다.

"드롭 인!"

너무 오랜만에 외쳐서인지 어쩐지 내 목소리가 낯설었다. 예전에는 숨 고를 필요도 없이 뛰어들었을 텐데 어쩐지 선뜻 발에 힘이 들어가지 않았다. 꼬리가 나를 바라보고 있었다. 오롯이 나에게 집중한, 유난히 까맣게 반짝이는 눈을 바라보자 갑자기 마음이 고요해지며 두둥실 기분 좋게 떠올랐다. 그래, 일단 시작하자. 그러면 돌쇠가, 또 꼬리가 나를 새로운 곳으로 데려갈 거야. 우리가 함께라면 어디서든 즐거울 거야.

우리는 나란히 앞을 보고 뛰어들었다. 익숙한 동시에

새로운 흥겨움이 온몸을 감쌌다. 재희의 새 드론이 주변을 맴돌았다. 서로에게 집중하고 또 동조하기 위한 복잡하고도 단순한 이 모든 과정이 우리의 마음을 이룬다는 단단한 깨달음이 나를 채웠다. 꼬리와 내가 사랑해 마지않는 크래들 안에서 나는 한껏 크게 웃었고, 둥실둥실 보울의 굴곡을 타고 넘을 때마다 꼬리는 어릴 적 놀이터에서 놀던 것처럼 겅중겅중 높이 뛰어올랐다.

2분이 어떻게 흘렀는지 모르게 지나갔고 나는 보울에서 내려왔다. 어디선가 불어온 바람 덕분에 이마에 송글송글 땀이 맺혔다는 것을 깨달았다. 꼬리는 혀를 밖으로 빼고 기분 좋게 헐떡였고, 기기를 손에 쥔 재희 역시 만족스런 표정이었다.

대망의 계단 난간 그라인드 촬영을 앞두고 카메라 위치를 확인하느라 정신없는 재희를 바라보았다. 그러자니 어쩐지 손에서 땀이 났다. 그라인드를 잘 해낼 수 있을지 몰라 긴장한 탓도 있겠지만 그게 다는 아니었다. 이제는 내가 마음을 전해야 할 차례였다. 내 마음을 나도 알지 못해 모난 모습을 보이는 내 곁에 있어 줘서 고맙다고, 재희에게 말하고 싶었다.

꼬리가 언제 왔는지 내 곁에서 꼬리를 내 손에 들이밀었다. 꼬리를 가만히 느끼던 나는 손을 점점 꼬리의 배 쪽으로 옮겼다. 꼬리와 처음으로 새 기술을 시도하기 전, 알 수 없는 불안함을 가라앉히기 위해 나는 꼬리의 배를 쓰다듬곤 했다. 배 만지는 것을 질색하는 꼬리는 나에 한해서, 그럴 때에 한해서 흔쾌히 배를 허락했다. 꼬리 배꼽 자리의 전원 버튼에 들어온 초록색 불빛을 가만히 만져 보았다. 나는 숨을 들이쉰 뒤 재희를 불렀다.

"피디님!"

"말씀하십쇼, 장하율 대원."

재희는 기기를 손에서 내려놓지도, 이쪽을 돌아보지도 않았다. 뭔가에 집중하고 있을 때 나는 나도 모르게 입을 모아서 입술이 도드라진다던데, 재희는 그럴 때마다 이마가 더 동글동글해지는 것 같았다. 나는 그 이마를 보면서 용기를 냈다.

"나 우리 엄마가 안 낳았어."

그 말을 듣고도 재희는 기기 설정을 위해 뭔가를 계속해서 조작하고 있었다. 기껏 용기를 냈는데 내 말을 듣지 못한 건가 슬슬 불안해질 무렵 재희가 기기를 덮고 나와 꼬리 쪽으로 고개를 돌렸다.

"뭐래."

"우리 입양 가족이라고."

"그럴 리가."

예상하지 못했던 반응이었다.

"그럴 리가, 라니……?"

"그럴 리가 있냐고. 너랑 너네 엄마 웃는 얼굴이 완전 똑 닮았는데."

나는 할 말을 잃고 눈만 껌벅거렸다.

"저것 봐, 저것 봐. 너랑 꼬리랑 둘 다 놀랐을 때 고개 오른쪽으로 갸웃하는 것도. 네가 전에 그랬잖아. 꼬리가 그러는 거 보면서 너네 엄마랑 똑같다고."

정신을 차려 보니 꼬리 역시 몸을 일으켜 재희 쪽을 바라보고 있었다.

"그거야…… 근데, 나랑 우리 엄마가 닮았다고?"

"나랑 우리 아빠보다 너랑 너네 엄마가 훨씬 닮았다, 야."

"그럴 리가."

어째 내가 비밀을 말할 때마다 예상했던 반응이 돌아온 적이 한 번도 없다.

“잘 봐, 한번. 너도 너네 엄마도 웃을 때 코 찡그리는 거 진짜 똑같아.”

“어쨌든. 암튼 우리 엄마는 나 안 낳았어.”

결심한 이상 비밀은 정확히 전달해야 한다는 생각에 나는 같은 말을 싱겁게 반복했다. 다시 기기 쪽으로 관심을 돌린 재희가 중얼거리듯 말했다.

“그게 뭐 어쨌다는 거야, 근데.”

말문이 막혔다. 그러게.

“그냥 그렇다고.”

머쓱한 기분으로 한숨을 내뱉는 찰나 재희가 뭔가 생각이 난 듯 나를 바라보고 싱긋 웃었다.

“말해 줘서 고마워. 비밀 꼭 지킬게.”

그 정도면 충분하다는 생각에 나도 재희를 따라 웃었다. 마침 구름 사이로 아침 해가 얼굴을 내밀었고, 갑자기 눈이 부셔진 나는 손으로 얼굴을 가렸다. 덕분에 재희에게는 웃는 입만 보일 테니 다행이라고 생각하면서.

“준비됐나, 장하율 대원!”

재희가 큰 소리로 기합을 넣었다. 나는 온몸을 길게 늘이며 천천히 일어섰다.

"당연하지."

큰 숙제 하나를 해치웠고 이제 남은 숙제는 계단 그라인드를 성공시키는 것뿐이다. 계단 맨 위 칸에 꼬리와 나란히 서서, 가슴과 허리를 쭉 편 뒤 돌쇠를 땅에 내려놓았다. 눈치가 빤한 꼬리가 나를 올려다보는 것이 느껴졌다.

"봐 봐, 카메라는 두 대야. 한 대는 착지 지점 가까이에 고정돼 있고, 나머지 한 대가 드론으로 움직임을 따라잡는 거야. 성공 못 해도 완전 괜찮아. 백업 플랜이 다 있으니까. 사실, 많이 넘어지면 더 좋아. 어려운 걸 고생해서 성공시킬수록 구독자들 반응 더 좋은 거 너도 알잖아."

알지. 알고는 있지만, 그걸 꼭 그렇게 콕 집어서 얘기할 것까지야. 기왕이면 덜 넘어지고, 더 멋지게 성공시키고 싶은 마음이 굴뚝같았지만 그래도 재희가 그렇게 말해 주니 마음이 한결 편했다.

결국 꼬리와 나는 계단을 향해 수십 번 달려들어야

했다. 여덟 번은 알리로 충분히 돌쇠를 띄워 올리는 것부터 실패했고(그사이 꼬리는 혼자서 계단을 달려 내려갔고), 다섯 번은 레일과 돌쇠의 접촉이 불안정해 중간에 굴러떨어졌으며(그동안 꼬리는 떨어지는 보드를 잽싸게 피하는 신기술을 선보여 구경꾼들의 박수갈채를 받았고), 일곱 번은 불안한 착지 끝에 꼴사납게 엉덩방아 혹은 무릎 착지를 선보였다(그리고 꼬리는 매번 정확하게 착지 지점과 타이밍을 예측하여 곁을 지켰다).

그때마다 몸도 마음도 아픈 건 당연한 일이었다. 하지만 그럴수록 오히려 점점 더 자신감이 생겼다. 아무리 크게 넘어져도 다시 일어설 수 있다는 것을 우리 모두 알고 있었다. 그걸 모두가 당연하게 공유하는 이 순간이 뿌듯하고 자랑스러웠다. 넘어질수록 조금씩 나아지고 있었다. 그러다 보면 흡족하게 착지하는 순간이 올 것 같았다.

어느 순간 퍼즐이 딱, 하고 맞춰지는 소리가 들릴 터였다. 그건 내가 제일 좋아하는 소리였고, 오랫동안 많이 넘어질수록 그 소리는 더욱 컸다. 그렇게 경쾌한 소리를 내며 맞춰진 퍼즐은 절대로 떨어지는 법이 없었다.

몇 번째인지 세는 것도 잊고서 보드를 구르는데 갑자

기 느낌이 왔다.

된다!

내 발이 돌쇠를 허공으로 차올렸고, 달려오던 힘을 이용하여 내 몸이 하늘을 날았다. 계단 난간에 보드가 달라붙는 순간 들렸다, '딱' 소리가. 아무리 긴 난간이어도 이대로 문제없이 내려갈 수 있을 것 같은 기분을 느낀 뒤 내 발과 보드가 정확한 타이밍에 떨어졌다가 정확한 위치에서 다시 만났다. 그리고 거기엔 내 곁을 한 발짝 옆에서 따라잡던 꼬리가 이미 기다리고 있었다.

됐다.

가쁜 숨을 몰아쉬는 내 주변을 꼬리가 빠른 속도로 맴돌며 짖었다.

"멍, 멍, 멍, 멍! 멍, 멍, 멍!"

'보드 황제 장하율'을 연호하던 아빠의 리듬 그대로였다. 어느새 땀이 차 버린 헬멧을 벗으며 재희 쪽을 바라보자 재희가 엄지를 들어 올렸다. 박력 넘치는 기세로 유난히 높이 들어 올린 걸 보면 꽤나 만족스러운 것이 분명했다. 화면에서 눈을 뗀 재희가 나에게 태블릿을 내밀었다.

"하하하, 어떠냐. 백업 플랜 완전 대성공!"

그제야 나는 재희가 말한 백업 플랜이란 것이 열 번째 시도 이후 나의 도전을 날것 그대로 라이브 방송하는 것이었음을 알았다. 댓글 창에선 열혈 구독자들의 환호가 이어졌다.

U 플라잉테일, 진짜 날아올랐어! ♥48

Q 보!드!황!제! 장!하!율! ♥35

W 오늘이 생일이지? 생일이랑 그라인드 정복한 거 모두 축하해! ♥23

C 누가 점검했는지 돌쇠와 꼬리 최고네요! ♥7

엄마와 아빠는 물론 서연이와 이번 기회에 자신의 아이디를 알려 준 이츠러브의 담당자까지, 모두 우리 셋을 지켜보고 있었다.

백업 플랜이라니, 그건 최고의 계획이었다. 플라잉테일의 세 멤버 모두 확신했다. 플라잉테일의 새로운 시즌이 시작됐음을.

작가의 말

손톱을 깎을 때마다 튀어 나간 손톱이 없는지 눈에 불을 켜고 확인하는 버릇이 있었습니다. 손톱을 주워 먹은 쥐가 그 사람으로 변신해서 진짜 행세를 한다는 전래 동화가 정말 무서웠거든요. 이제는 그런 전설을 믿지 않지만(제발 내 손톱을 주워 먹고 할 일을 좀 대신 해줬으면, 하고 바라는 게으른 어른이 되었지만?) 나와 똑같은 모습을 한 존재가 나타난다면 친구와 가족들은 그것이 진짜 내가 아니란 걸 알까, 궁금해 잠 못 이루곤 했습니다. 그런 생각에 계속 골몰하다 보면, 고민이 꼬리에 꼬리를 물고 이어졌습니다. 나와 모습이 같다면 마음도 같지 않을까. 그렇다면 무엇이 진짜이고 가짜인지 구분하려는 시도가 의미가 있을까. 사뭇 철학적이

기까지 했던 생각들은 어느 날 이런 질문에 이르렀습니다. 몸과 마음을 구분하는 게 가능할까.

예전에는 누가 그렇게 묻는다면 당연히 가능하다고 대답했을 듯합니다. 하지만 어른이 되고도 한참이 지나서 수영을 배우면서 그 생각이 바뀌었습니다. 어느 날 갑자기 수영도 못 하는 할머니가 되고 싶지 않다는 생각에 시작한 수영은 굉장히 재미있었는데, 그중에서도 평영을 배울 때는 잊을 수가 없습니다. 팔과 다리가 어떤 타이밍에서 어떤 식으로 움직여야 하는지 도무지 이해가 가지 않았거든요. 설마 뒤로 가고 있는 건 아니겠지, 혹시 가라앉고 있는 건 아닌가 싶은 시간이 흘렀습니다. 그런데 어느 순간 마법처럼 머리가 아닌 몸이 그걸 해냈습니다. 평영은 느릴지언정 편안한 호흡으로 아주 멀리까지 갈 수 있는 영법이라는 것도 알게 되었고요. 그렇게 몸으로 익히고 나니 이젠 아무리 오랜만이어도 늘 즐겁고 반갑게 물에 뛰어들 수 있답니다.

지금도 저는 평영의 팔 동작과 발차기를 말로 설명할

수 없어요. 그건 몸이 기억하고 있는 지식이니까요(누군가는 그런 걸 '머슬 메모리'라고 부르더군요). 수영을 하고 싶었던 제 마음이 몸을 움직여서 포기하지 않도록 만들었고, 그런 끝에 머리는 여전히 이해하지 못하는 무언가를 몸이 배워 냈지요. 몸과 마음 중 하나라도 그와 같지 않았다면 저는 '수영을 할 수 있는 사람'이 되지 못했을 겁니다.

계절이 바뀔 때마다 몸이 훌쩍훌쩍 커지는 시간이 있다면, 그저 하룻밤이 지났을 뿐인데 내 마음이 전혀 낯선 곳에 풀썩 버려진 것처럼 느껴지는 때도 있겠지요. 진짜 나는 어디로 간 것인지, 그 끝에서 나는 과연 어떤 모습을 하고 있을지 알 수 없어 무섭고 또 슬플 수도 있어요. 하지만 마음이 몸을 움직이고, 몸은 기억을 만든다는 걸 잊지 말도록 해요. 몸과 마음이 함께한 시간을 소중히 하다 보면 우린 언제나 새로운 시즌을 시작할 수 있을 테니까요.

오정연

마음도 백업이 되나요

초판 인쇄 2023년 11월 16일 **초판 발행** 2023년 11월 16일
지은이 오정연
펴낸이 남영하 **편집** 전예슬 김주연 김가원 **디자인** 박규리 **마케팅** 김영호 변수현
펴낸곳 ㈜씨드북 **주소** 03149 서울시 종로구 인사동7길 33 남도빌딩 3F **전화** 02) 739-1666 **팩스** 0303) 0947-4884
홈페이지 www.seedbook.co.kr **전자우편** seedbook009@naver.com **인스타그램** instagram.com/seedbook_publisher
ISBN 979-11-6051-589-3 (43810)

● 책값은 뒤표지에 있어요. ● 잘못 만들어진 책은 구입하신 서점에서 바꾸어 드려요.
● 씨드북은 독자들을 생각하며 책을 만들어요.